KB123194

심장에서 가장 가까운 정의

**친구와
함께 읽는
고전
009**

심장에서 가장 가까운 정의
-《베니스 상인》 단단히 읽기

1쇄 | 2021년 5월 13일

원저 | 윌리엄 셰익스피어
지음 | 이양호
옮김 | 이회천

편집 | 정미영
일러스트 | 표영미
본문 인물 그림 | 정은유
마케팅 | 홍석근

펴낸곳 | 도서출판 평사리 Common Life Books
출판신고 | 제313-2004-172 (2004년 7월 1일)
주 소 | 경기도 고양시 덕양구 중앙로558번길 16-16, 7층
전 화 | 02-706-1970 팩 스 | 02-706-1971
전자우편 | commonlifebooks@gmail.com

이양호 ⓒ 2022
ISBN 979-11-6023-302-5 (03840)
ISBN 979-11-6023-224-0 (세트)

친구와
함께 읽는
고전
009

심장에서 가장 가까운
정의

윌리엄 셰익스피어 원저
이양호 지음
이회천 옮김

《 베니스의 상인 》 단단히 읽기

평사리
Common Life Books

들어가는 글

샤일록은 왜 안토니오를 죽이고야 말겠다고 칼날을 벼리는가? 수전노 샤일록이건만, 빌려준 돈의 세 배를 갚아준대도 이 경우에서만은 꿈쩍도 하지 않는다. 어쩌면 십 배, 이십 배, 그 이상을 뽑아낼 수 있는 절호의 기회가 왔는데도, 샤일록은 바위처럼 꿈쩍도 하지 않았다. 왜 그럴까?

햄릿, 맥베스, 리어왕 등 셰익스피어 작품 속 인물들은 한결같이 문제적이어서 '물음'을 요구한다. 샤일록도 이들에 못지않다. 사실 셰익스피어의 어떤 작품보다도 《베니스의 상인》에 문제적인 인물이 많다. 샤일록보다 더 문제적인 인물은, '베니스의 상인' 안토니오다. 작품의 제목을 《베니스의 상인》으로 단 까닭이리라.

그런데도 우리는 그동안 안토니오에 대하여 거의 묻지 않았다. 그러니 샤일록이란 인물에 대해서도 깊이 알 수 없었다. 막이 열리자마자 안토니오가 "정말 왜 이리 울적한지 모르겠군. 지쳤어. 지쳤단 말이 어울리지"라고 신음을 토하고 있는데도, 그냥 지나쳤다. 안토니오가 친구 바사니오를 대하는 태도에 대해서도 마찬가지다. 안토니오가 바사니오를 향해 "내 지갑, 내 자신, 내 마지막 수단까지도 그대에게는 모두 자물쇠가 열려 있는 상태라네"라고 호소하고 있는데도, 대수롭지 않게 넘어갔다.

바사니오 역시 문제적인 인물이다. 그는 도대체 어떤 사람이기에, 친구의 목숨을 저당으로 내놓으면서까지 포오샤에게 가는 비용을 마련하는가? 문제적인 인물은 여기서 그치지 않는다. 포오샤의 지성은 왜 선택적으로만 발휘되는가? 또한, 샤일록의 딸 제시카는 왜 아버지를 부끄러워하고 결국 배신하는가? 또, 제시카를 꼬드겨내는데 성공한 남자는…….

이런 질문을 하지 않는다면 《베니스의 상인》을 읽어도 '오직 모를 뿐'이다. 소크라테스는 일찍이 다음과 같이 말했다. "캐묻지 않는 삶은 살 가치가 없다." 불교가 경계하는 무명無明의 꼴사나움이다. '무명'을 깨트리기 위해선 선입관에 매이지 않고, 관계의 그물을 있는 그대로 보는 눈을 가져야 한다. 이 책이 그 눈이 되어주기를 바란다.

이 시리즈의 다른 책에선, 원문 전체를 뒤에 덧붙였다. 먼저 원문 전체를 읽은 뒤, 원문을 조금씩 나누어 '해설 대화'와 함께 읽으며,

'꼼꼼히 읽기'에 성공하기를 바라서였다. 하지만 이번 책에서는 지면 관계상 뒤에 원문 전체를 덧붙이지 못했다. 번거롭겠지만, 처음엔 '해설 대화'를 건너뛰고, 원문만 쭉 읽은 뒤, 다시 처음부터 '해설 대화'와 함께 읽기를 바란다.

이 책에서 《베니스의 상인》을 읽고 말나누기를 하는 사람들, 시우·민기·도영·은유는 모두 푸른숲발도르프학교 학생들이다. 이 책 저 책 함께 읽고 각자의 생각을 펼치며 '자기'를 형성해 가고 있는 뿌듯하고 아름다운 제자들이다. 이들 외에도 함께 책을 읽고 있는 제자들과 어른들이 많은데, 글쓴이에게 '취미와 밥벌이 그리고 의미'까지 아우르며 사는 행복한 삶을 가능케 해준 고마운 벗들이다. 이 자리를 빌려 고마움을 표한다. 말나누기의 내용은 각색된 것임을 밝힌다.

2022년 새봄을 새기며
이양호 손모음

자비는 왕관의 지배보다 상위에 있네.

왕들의 심장에 앉아 있고, 신의 속성이기도 하지.

지상의 권력은 자비가 정의에 양념처럼 곁들여졌을 때

신의 권력과 가장 비슷하다네.

(4막 1장)

차례

1막

1장

베니스 거리

(안토니오, 살라리노, 솔라니오 등장.)

안토니오 정말 왜 이리 울적한지 모르겠군. 지쳤어. 지쳤단 말이 어울리지. 하지만 어째서 내가 이 병에 걸리고, 어쩌다 이렇게 되었는지, 어째서 그런지 모르겠어. 이것이 무엇으로 이루어졌는지, 어디에서 생겨났는지도 아직 알지 못해. 이 멍청한 우울증이 내 자신을 알도록 고생을 시켜.

살라리노 그대 마음이 바다에 있어서 그렇다네. 그곳엔 뚱뚱한 돛을 단 그대의 상선들이 영주와 부유한 시민들처럼, 혹은 바다의 야외극처럼, 파도를 타고서 하찮은 밀매선들 위에 솟아 있지. 천으로 짜인 날개로 날아가듯 지나가는 그대 배에, 절하고 존경을 표하는 밀매선들 위로 말이네.

솔라니오 내가 그런 사업을 했다면 내 애정의 대부분이 내 희망과 함께 해외에 있었을 걸세. 나는 바람의 방향을 알기 위해 계속 풀을 뽑고, 지도에서 항구와 부두 그리고 도로를 찾아봤을 거네. 그리고 내 사업이 불운하리라고 두렵게 하는 모든 것이 틀림없이 날 슬프게 했을 걸세.

살라리노 바다의 강한 바람이 끼칠 피해를 생각하면, 나는 죽을 식히는 입김만으로도 학질에 걸렸을 걸세. 난 흐르는 모래시계를 알아보지 못하고, 대신 얕고 평평한 해안을 떠올리며 내 값진 앤드류호가 모래에 박혀 큰 돛을 갈비뼈보다 낮게 늘어뜨리고서 자신의 묘지에 입맞춤하는 걸 보겠지. 교회에서 성스러운 석조건물을 보게 되면, 곧바로 위험한 바위들이 내 연약한 배의 옆구리를 건드려 모든 향료를 물결에 흩뿌리고 성난 파도에 비단을 입히는 것을, 한마디로, 방금까지 값졌지만 지금은 무가치해지는 것을 떠올리지 않겠는가. 이런 것들이 생각나거나 발생한다면, 내가 슬퍼하지 않을 수 있겠는가? 말하지 말게, 안토니오. 자네가 화물 생각에 울적하다는 사실을 난 알고 있네.

안토니오 그건 정말 아니라네. 난 내 행운에 감사하네. 내 사업은 한 배에게만 맡겨지진 않았고, 한 장소에도 아니며, 내 전 재산이 올해의 행운에 달려 있지도 않네. 그러니 내 상품들은 날 우울하게 하지 않네.

은유 어떤 작품이든 첫대목이 무척 중요하지. 첫마디부터 우울을 호소하고 있어!

 시우 이 작품의 코드가 우울증인가 보지.

 민기 우울의 뜻이 바뀌지 않았다면 우울증이 이 작품을 지배하고 있다곤 할 수 없어. 이 작품을 익히 들어보고 읽어봐서 알겠지만 해피엔딩이잖아?

은유 안토니오가 "이 멍청한 우울증이 내 자신을 알도록 고생을 시켜"라고 했어. 우울증에 무언가 있을 것 같아.

시우 '배가 침몰할지도 모른다'는 생각이 우울하게 만든 이유가 아니라면 무엇 때문일까?

살라리노 그래, 그럼 자넨 사랑에 빠진 게로군.

안토니오 무슨 그런 소릴!

살라리노 사랑도 아닌가? 그럼 자넨 기쁘지 않기 때문에 슬프다고 해두지. 슬프지 않기 때문에 웃고 뛰면서 기뻐한다고 말하는 것이나 같다는 말일세. 얼굴을 앞뒤로 하고 있는 야누스*에 맹세코, 자연은 이상한 자들을 만들어 놓았어. 어떤 사람은 항상 눈을 반쯤 감고 있다가 백파이프 소리만 들려도 앵무새처럼 재잘대며 웃고, 또 어떤 사람은 늘 찡그린 채 이를 드러내 웃으려 하질 않

---

*　로마 신화의 처음과 끝의 신이다. 머리가 앞뒤로 달려 있다.

지. 현명한 네스토르*가 웃을 만하다고 맹세하는데도 말이야.

시우 사랑 때문에 우울한 것도 아니라면, 도대체 이 우울증의 정체는 뭘까?

은유 "얼굴을 앞뒤로 하고 있는 야누스"란 말이 힌트가 아닐까?

야누스?

부자에다, 바사니오 같은 좋은 친구도 있다면 슬픔이 깃들래야 깃들 수 없지. 그런 안토니오가 우울해하니까 도무지 이해가 안 돼서 하는 말이라고 생각해.

(바사니오, 로렌조, 그라치아노 등장.)

솔라니오 저기 바사니오가 오네. 그대의 둘도 없는 고귀한 친척! 그라치아노와 로렌조도 함께군. 잘 있게. 우린 그대가 더 좋은 친구들과 함께하도록 떠나겠네.

살라리노 더 소중한 친구들이 방해하지 않았다면 그대를 기쁘게 만들 때까지 남으려 했네만……

안토니오 그대들이야말로 소중하네. 볼일을 보러 가려던 참에 마침 잘 되었다 싶어 떠난다고 생각하겠네.

살라리노 안녕하신가, 선한 주인들이여.

* 그리스 전설에 나오는 필로스 왕이다. 말솜씨가 좋았다.

바사니오 선한 선생들, 우리 언제 웃으며 한바탕 놀아볼까요? 말해 보오. 언제? 무척 낯설어졌군. 꼭 그래야 하오?

살라리노 다음에 틈을 내 자네와 함께 놀 수 있길 바라네.

(살라리노와 솔라니오 퇴장.)

로렌조 바사니오, 안토니오를 찾았으니 우리 둘은 떠나리다. 하지만 저녁 식사 약속은 잊지 마시오. 부탁이오.

바사니오 잊지 않고 꼭 가겠네.

그라치아노 안색이 좋지 않군, 안토니오! 자넨 세상일에 너무 조심이 많네. 너무 신경 쓰면 외려 손해나기 십상이라네. 정말로 그대 얼굴이 말이 아닐세.

안토니오 난 세상을 세상이라고 여길 뿐이네, 그라치아노. 모두가 하나의 배역을 맡아야만 하는 무대지. 내가 맡은 배역은 우울하고 슬픈 것이라네.

 시우 안토니오는 세상일에 달관한 사람 같아.

 은유 도대체 그에게 어떤 운명이 있었기에, 새파랗게 젊은 나이에 이런 인생관을 갖게 되었지?

 민기 안토니오의 "내가 맡은 배역은 우울하고 슬픈 것"이라는 말을 듣고 보니까, 우울이 이 작품을 꿰뚫고 있는 코드일 수 있겠다는 생각이 든다.

시우 야누스에다. 우울이 이 작품의 코드라~.

은유 친구들 모두가 바사니오와 안토니오만 남겨두고 떠나려는 게 나는 조금 이상해.

별것 아니라고 생각하면 별것이 아니겠지만, 떠나면서 제발 저녁 식사 약속을 잊지 말라고 하는 것도 뭔가 걸리지 않니?

민기 두 사람이 같이 있으면 시간 가는 줄 모르나 보지.

은유 바사니오가 안토니오의 "둘도 없는 고귀한 친척"이라~.

그라치아노 내겐 광대 역할을 주게. 즐거움과 웃음으로 주름살을 만들고, 와인으로 내 열정의 간덩이를 데우겠네. 고통스러운 신음에 심장이 차가워지는 것보다는 나을 테니까. 피가 따뜻한 사람이 어째서 석고로 조각된 노인처럼 앉아 있어야 한단 말인가? 깨어 있을 때도 자고 있고, 화를 내다가 황달에 걸려야 할 까닭이 어디 있겠나? 안토니오! 난 자넬 사랑하니 이 사랑으로 말하겠네. 지혜롭고, 진중하고, 심오한 자존심이 있는 것처럼 보이기위해, 고인 연못 같은 얼굴을 하고서, 짐짓 고요를 즐기는 사람들이 있네. 마치 "나는 예언자다. 내가 입을 열 땐 개 한 마리도 짖어선 안 되리!"라고 말하는 듯한 사람들 말일세. 오, 안토니오! 침묵함으로써 지혜롭다고 여겨질 뿐인, 그런 자들을 나는 아네.

그들이 입을 열면, 사람들이 귀에 저주받고 그를 바보라고 부르리라는 걸 확신하네. 이에 대해서는 나중에 더 말해주겠네. 우울이라는 미끼로 멍청한 평판을 낚지는 말게. 가세, 선한 로렌조. 잘 지내게. 저녁 식사 후에 마저 들려줌세.

로렌조 그래, 저녁 식사 때까지 그대를 놔두겠네. 난 그 지혜로운 벙어리임에 틀림없어. 내가 말하도록 그라치아노가 내버려두질 않으니까.

그라치아노 2년만 더 나랑 지내보게. 그대 목소리조차 잊게 될 걸세.

안토니오 잘 가게. 나도 이제 말 좀 해야겠네.

그라치아노 고맙네 정말. 침묵은 말린 황소의 혀나, 팔리지 않는 노처녀에게나 칭찬받는 걸세.

(그라치아노와 로렌조 퇴장.)

안토니오 그게 지금 뭔 소용인데?

바사니오 그라치아노는 무의미한 말을 베니스의 누구보다도 많이 해대네. 이성적인 말은 두 가마니 왕겨 중 두 알의 밀 정도이지. 그걸 발견하기 위해선 하루 종일 찾아야 할 걸세. 찾아내더라도 보람 따윈 없는 것뿐이지.

민기　　그러고 보니까 안토니오는 지금껏 침묵하고 있었어!

시우　　바사니오가 오기 전엔 '울적하니 어쩌니' 하며 말했잖아?

은유　이들이 오자 입을 닫아버렸어.

다른 두 사람이 가고 바사니오만 남으니까 안토니오가 "나
도 이제 말 좀 해야겠네"라고 했어. 왜 다른 친구들이 있을
때는 입을 다물고 있다가, 단둘이 남게 되니까 말을 하는
걸까?

시우　그라치아노는 터무니없는 말만 지껄여댄다고 바사니오가
말했잖아. 그래서 그런 거 아닐까?

민기　그라치아노가 횡설수설하는 것 같지만, 내겐 의미 있고 재
미도 있게 들리는데?

은유　광대들이 원래 그렇지. 헛소리 속에 뼈 있는 말을 끼워 놓
는 사람들이잖아.

그럼 광대를 '반대의 의미를 가진 야누스'라고 할 수 있겠다.

은유　광대의 말에서 횡설수설밖에 못 듣는 바사니오의 귀는 대
체 어떤 귀지?

시우　그런 귀는 광대에게 조롱을 들어야 할 귀인데…….

민기　안토니오가 침묵을 깨고 무슨 말을 하는지 들어보자.

안토니오　자, 이제 말해주게. 그대가 은밀히 순례를 맹세했다는
그 여인 말이야. 오늘 내게 말해주기로 약속한 여인이 누구인지!

바사니오　안토니오, 얼마 안 되는 내 자산을 몇 곱절 더 부풀어 보

이게 하느라, 내가 그것을 탕진했다는 걸 그대도 잘 알고 있을 것이네. 지금 내가 그런 고상한 생활을 빼앗겼다고 한탄하는 것은 아니네. 내 관심사는, 방탕했던 내 시간들이 가져온 엄청난 빚으로부터 깨끗이 벗어나는 일일세. 안토니오, 그대에게 가장 많은 빚을 졌네. 돈만이 아니라 사랑에 있어서도! 그대의 사랑을 믿고, 내 빚을 어떻게 청산할 것인지에 대한 모든 계획과 목표를 털어놓겠네.

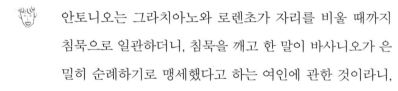 안토니오는 그라치아노와 로렌초가 자리를 비울 때까지 침묵으로 일관하더니, 침묵을 깨고 한 말이 바사니오가 은밀히 순례하기로 맹세했다고 하는 여인에 관한 것이라니, 정말 의외다.

은유 그것과 안토니오가 울적한 것이 관계가 있을까?

의외 정도가 아니야. 바사니오의 대답은 이상해! 여인, 사랑에 대해서는 한마디도 없고, 자기 관심사는 '빚 청산'이라는 얘기만 하고 있어.

안토니오 부디, 선한 바사니오, 알려주게. 그리고 그대가 지금도 그러하듯이 명예의 눈에 들어맞는 일이라면 내 지갑, 내 자신, 내 마지막 수단까지도 그대에게는 모두 자물쇠가 열려 있는 상태라네.

바사니오 학창 시절에, 나는 화살 하나를 잃어버리면 그것을 찾으려 똑같은 화살을 똑같은 방향, 똑같은 방식으로 신중하게 쐈네. 그렇게 위험을 무릅써서 종종 둘 다 찾았지. 어린 시절의 증거를 들이미는 건, 앞으로 할 얘기가 정말 순결하기 때문일세. 난 그대에게 빚이 많네. 그런데 제멋대로인 청춘처럼, 빌린 걸 다 잃어버렸네. 하지만 이전에 쐈았던 방향으로 그대가 또 다른 화살을 쏴준다면, 내가 표적을 잘 살펴보고 있다가 틀림없이 둘 다 찾아오겠네. 적어도 나중에 모험한 것은 반드시 찾아오겠네. 그러면 여전히 먼젓번 화살만 빚진 상태로 있지 않겠는가?

안토니오 그댄 날 잘 알면서도, 내 사랑에 대해 장광설을 늘어놓으며 시간만 낭비하고 있네. 그대가 나를 의심해서 이러는 것보다 더 잘못하는 일은 없네. 내가 가진 모든 걸 망치는 것보다도 더 큰 잘못이지. 내가 할 수 있는 일, 내가 뭘 해야 하는지만 말하게. 난 준비가 됐네. 그러니 말하게.

민기 바사니오가 빙빙 돌려 말하고 있지만, 결국은 돈을 또 빌려달라는 거잖아!

은유 아직도 여인과 사랑에 대해선 언급조차 없어. 하려는 일을 정확하게 밝히지 않고 빙빙 돌려 말하는 게 수상쩍지 않니?

시우   많이 해본 솜씨라는 생각이 든다.

 그렇게 방탕하게 놀다가 재산을 탕진하고 친구에게 빚까지 내서 또 탕진한 사람에게, 선한(좋은) 사람이라고 해주는 안토니오가 나는 이해가 안 돼. 더군다나 그런 바사니오를 가리켜 "명예의 눈에 들어맞는 일"을 하며 산 사람으로 여기는 대목에선 입이 딱 벌어진다.

민기   눈에 콩깍지가 씌었나 보지.

 친구 사이에도 그런 일이 생기나? 계속 지켜보자.

바사니오   벨몬트에 유산이 많은 숙녀가 있다네. 그녀는 아름답고, 아름답다는 말보다도 아름다우며, 놀라운 덕도 갖추었네. 나는 몇 번인가 그녀의 눈에서 무언(無言)의 아름다운 전갈을 받았지. 그녀의 이름은 포오샤인데, 카토의 딸인 브루투스의 아내 포오샤에 어느 것 하나 빠지지 않는다네. 바람이 사방의 해변에서 이름난 구혼자들을 불러들이는 걸 보면, 넓은 세상도 그녀의 가치에 무관심하지 않다네. 햇빛으로 빛나는 그녀의 머리채는 금빛 양모처럼 이마에 늘어져 있지. 이 때문에 벨몬트는, 그 옛날에 금빛 양모를 찾아 수많은 용사들이 몰려갔다는 콜코스 해안이 되었다네. 많은 이아손*들이 그녀에게 청혼하러 찾아들고 있지.

*   그리스 신화에 나오는 영웅이다. 금빛 양모를 찾아 아르고 원정대를 이끌고 콜코스로 가

오, 안토니오! 그들과 경쟁할 수 있는 돈만 있다면, 틀림없이 성공해서 부자가 될 거라는 예감이 드네!

안토니오 그대도 알다시피 내 모든 재산이 바다에 있네. 현금도 없고, 당장 현금으로 변통할 물건도 없네. 그러니 가보세. 내 신용으로 베니스에서 할 수 있는 걸 다 해보세. 그대가 벨몬트의 아름다운 포오샤에게 갈 수 있도록 최대한 팽팽하게 당겨보세. 돈이 있는 곳으로 당장 가서 물어보게나. 내 신용으로 얻든, 친분으로 얻든 나는 상관없네.

(모두 퇴장.)

민기   바사니오가 포오샤를 사랑하긴 하는 거야?

시우   포오샤를 알리는 첫 마디가 "벨몬트에 유산이 많은 숙녀가 있네"인 걸 보면 빤하지 뭐!

은유   아, 불쌍한 포오샤~.

🧑   그건 그렇고, 빚을 내서 그 돈을 이런 인간한테 빌려주겠다는 안토니오는 도대체 어떤 인물이지? 자기 수중에 있는 돈도 아니고!

은유   바사니오 앞에만 서면 천지 분간이 안 되는 인간!

시우   연인도 아니고, 친구 사이가 그럴 수 있나?

서, 그곳 공주의 도움으로 금빛 양모를 얻는다.

언제 우울증을 호소했냐는 듯, 안토니오가 활기 넘친다고
생각하지 않니?

시우   말수도 많아졌어.

은유   안토니오에게 바사니오는 도대체 어떤 존재일까?

2장

벨몬트, 포오샤 집 안의 방

(포오샤와 네리사 등장.)

포오샤 정말이지 네리사야, 내 작은 몸은 넓은 이 세상이 고달프구나.

네리사 친절한 아씨, 아씨의 불행이 아씨의 행운만큼이나 크다면 당연히 그러시겠죠. 과식은 굶는 것만큼이나 해로운 법이니까요. 그러니 중간에 처신하는 것은 결코 적지 않은 행복이지요. 지나치게 많은 재산은 흰머리를 일찍 나게 하지만, 적절한 재산은 오래 살게 하니까요.

포오샤 좋은 말이야. 발음하기도 좋고.

네리사 제대로 따르면 더 좋은 말이 되겠지요.

포오샤 선행이 무엇인지 아는 것만큼 행동하는 게 쉽다면, 예배당은 교회가 되고 가난한 사람의 집은 영주의 궁전이 되었겠지.

자신의 가르침만 따르더라도 훌륭한 성직자가 될 거야. 선행을 가르쳐 스무 명이 내 말을 따르게 하는 것보다, 내가 그 스무 명 중 한 명이 되어 내 말을 따르는 것이 더 어려운 법이니까. 머리로는 격정적인 피를 억제할 방법을 생각하지만, 불같은 성격은 냉엄한 법령을 뛰어넘지. 청춘은 미친 토끼여서, 충고하는 늙고 병든 그물을 훌쩍 뛰어넘어 버리거든. 하지만 이 말이 내 남편을 선택하는 방식은 아니야! 오, '선택'이라는 말! 난 내가 원하는 자를 선택하지도, 싫어하는 자를 거부하지도 못해. 살아있는 딸의 의지가 죽은 아버지의 유언에 속박되어 있으니까. 네리사, 누군가를 선택할 수도 거부할 수도 없다는 사실이 가혹하지 않니?

안토니오와 바사니오, 포오샤까지 젊은 영혼들이 모두 자신의 고통 속에 있다는 거구만.

바사니오는 빚더미에 짓눌려, 사랑을 파는 순례 아닌 순례를 떠나야 하고.

시우 안토니오는 우울증에 걸려 있고.

은유 포오샤는 '죽은 아버지의 유언'이라는 족쇄에 묶여, 스스로 '선택'할 자유가 없는 몸이지.

네리사 아씨의 아버님께서는 언제나 고결하셨고, 죽음을 앞둔 성자들은 영감을 얻기 마련이라고 하죠. 그래서 아버님께서는 아씨께서 당신의 뜻이 담긴 상자를 올바로 선택한 사람과 결혼하도록, 손수 금·은·납 세 상자를 마련해 놓으신 게 틀림없어요. 아씨와 결혼해도 괜찮을, 꼭 그 사람 외엔 누구도 올바른 상자를 선택하지 못할 거예요. 아무튼 이미 도착한 많은 구혼자들 중에 애정이 가는 분이 있나요?

포오샤 그들의 이름을 불러봐. 네가 호명하면 내가 그들을 묘사할게. 내 묘사에 따라 그들을 향한 내 애정을 가늠해봐.

네리사 먼저, 나폴리의 왕자가 있지요.

포오샤 아, 그는 정말 망아지야. 그는 자신의 말에 대한 얘기만 해. 그는 직접 말의 발에 편자를 박을 수 있는 걸 엄청난 자랑으로 여기지. 난 그의 어머니가 대장장이와 부정하게 놀아난 게 아닐까 의심스러워.

네리사 그럼 팔라틴의 백작은요?

포오샤 그는 인상을 찌푸릴 뿐이야. 마치 '내가 싫다면, 그러도록'이라고 말하는 것 같아. 그는 재미있는 얘기를 듣고도 웃질 않아. 청춘인데도 저리 울상이니, 나이 들면 우울한 철학자가 될까 봐 걱정돼. 그 둘하고 결혼하느니 차라리 입에 뼈를 문 해골과 결혼하겠어. 신께서 그 둘로부터 날 지켜주시기를!

네리사 프랑스의 영주인 르 봉 경은요?

포오샤 신께서 그를 만드셨으니 그가 사람이라고는 쳐야겠지. 정말, 조롱이 죄인 줄은 알아. 하지만 그는! 아니, 그는 나폴리인이 말에 빠진 것은 저리 가라이고, 팔라틴 백작의 우거지상은 아무것도 아니야. 그는 누구나이면서 아무도 아니야. 참새가 지저귀면 그는 즉시 깡총거리지. 그는 자신의 그림자와 결투를 벌일 사람이야. 그와 결혼한다면 나는 스무 명의 남편과 결혼하는 셈이야. 그가 날 경멸한다면 난 그를 용서하겠어. 그가 날 미치도록 사랑한다면 그에게 갚을 길이 없을 테니까.

네리사 그러면 팰컨브리지, 잉글랜드의 젊은 남작에 대해선 뭐라고 하시겠어요?

포오샤 그와는 아무 말도 하지 않는 걸 알잖니? 그도 나를, 나도 그를 알아듣지 못해. 그는 라틴어, 프랑스어, 이탈리아어 중 어느 것 하나 말하지 못하고, 나는 영어를 아예 하지 못한다고 네가 법정에서 맹세할 수 있을 정도니까. 그의 용모는 준수해. 하지만 아아, 누가 무언극과 대화할 수 있겠니? 옷은 또 얼마나 이상하게 입었는지! 윗옷은 이탈리아에서, 바지는 프랑스에서, 모자는 독일에서 사오고, 행동거지는 사방팔방에서 가져온 잡탕이야.

네리사 그분의 이웃, 스코틀랜드 영주는요?

포오샤 그에겐 이웃에게 베푸는 너그러움이 있어. 글쎄 저 잉글랜드인에게 귀싸대기를 맞고서도, 힘이 생긴 뒤에 되갚겠다고 맹세했으니까. 잉글랜드와 스코틀랜드의 일이니 프랑스인이 보증을 섰겠지.

네리사 그 젊은 독일인, 작센 공작의 조카는요?

포오샤 아침에 맨정신일 땐 매우 불쾌하고, 오후에 취해 있을 땐 최고로 불쾌한 작자지. 최상의 상태에서 그는 사람보다 조금 나쁘고, 최악의 상태에선 짐승보다 나을 게 별로 없어. 최악의 경우가 발생하더라도, 나는 그 사람 없이 살아가길 바랄 거야.

포오샤의 눈이 높은 거야, 아니면 구혼자들이 정말 그 모양인 거야?

은유 이런 경우 진실은 보통 그 사이에 있지.

시우 포오샤의 말하는 폼이 의외다. 하지만 재미있는 인물이야.

은유 발랄하면서도 자기 생각이 뚜렷해. 그러면서도 유머러스한 사람.

그나저나 이렇게 이상한 사람들이 상자를 제대로 고르면, 포오샤는 그 사람과 결혼해 평생을 같이 살아야 하는 거야?

민기 아버지의 유언장을 어길 순 없으니까 그래야겠지.

시우 아, 불쌍한 포오샤!

은유 아직은 그래도 괜찮은 편이야. 포오샤와 결혼해 그녀의 유
산으로, 자신의 빚 청산 잔치를 할 맘을 먹은 사람이 아직
도착하지 않았잖아.

네리사 그가 올바른 상자를 선택할 경우, 아씨께서 그를 거부하기
위해선 아버님의 유언을 저버리셔야 하는 데도요?
포오샤 그런 최악의 상황이 발생해선 안 되니까, 네게 부탁할게.
라인산 와인 큰 잔 하나를 틀린 쪽 상자에 놓아줘. 상자 안에 악
마가 있더라도, 밖에 유혹이 있으면 그는 그걸 선택할 거야. 네
리사야, 술만 빨아들이는 스펀지와 결혼하지 않기 위해서라면
나는 뭐든 할 거야.

  이거 반칙 아닌가?

  반칙이라고 딱 부러지게 말할 순 없지. 유언장에 그렇게 해
선 안 된다는 말이 있진 않을 테니까.
은유 무덤에 있는 포오샤 아버지도 딸이, 술이라면 환장하는 사
람과 결혼하길 바라지는 않겠지? 그렇다면 포오샤의 행동
은 아버지의 뜻을 어긴 게 아니라, 오히려 높은 차원에서
따르는 거라고 생각해.
민기 확실히 포오샤는 영리해. 아버지의 유언을 어기지 않으면

서도 자기 뜻을 관철할 수 있는 방법을 찾아내는 걸 보면!

시우　그런 걸 보면 꼭 변호사 같아. 법의 허점을 교묘하게 파고
　　　드는 게 변호사잖아.

　다른 면도 있어. 포오샤의 행동은 귀엽지만, 변호사의 행동
　　　은 엄중해.

네리사 그 영주들과의 결혼을 두려워 마세요, 아씨! 그들이 제게
자신들의 결정을 알려주었거든요. 그냥 돌아가겠다고 했어요.
아씨께서 아버님이 유언한 방식 외의 방식으로 신랑감을 고르지
않는 이상, 그냥 고국으로 돌아가겠다고 하더군요. 당연하지요.

포오샤 아버지께서 유언하신 방식으로 신랑을 얻지 못한다면, 난
시빌라*만큼 늙더라도 다이애나**처럼 순결하게 죽겠어. 난 이
번 구혼자들이 모두 이성적이어서 기뻐. 떠나는 게 아쉬운 자가
그들 중 단 한 명도 없으니까. 그들이 무사히 떠나도록 신께 기
도드리겠어.

은유　　기껏 산 넘고 물 건너 벨몬트까지 와 놓곤, 왜 갑자기 그냥

---

*　　그리스 신화에 나오는 아폴론 신이 시빌라에게 손에 쥔 모래알만큼의 수명을 주었다
　　고 한다.

**　로마 신화에 나오는 달과 사냥의 신이다. 처녀로 묘사된다.

떠나겠다는 거지? 밑져야 본전이니까 시도는 해보려고 하지 않을까?

시우 금·은·납 세 상자 중 한 상자에 당첨권이 들어 있으니까 확률이 3분의 1이야. 가능성이 낮은 게 아닌데, 왜지?

밑져야 본전이 아니거든! 뒤에 나오니까 그때 보자.

네리사 아씨, 혹시 기억하세요? 아버님께서 살아계실 적에 몽페라의 후작과 함께 왔던 학자이자 군인이었던 베니스인 말이에요.

포오샤 그래 기억하지. 내 생각에는 바사니오, 그게 그의 이름이었던 것 같아.

네리사 맞아요, 아씨. 제 어리석은 눈이 쳐다봤던 남자들 중 아름다운 아가씨를 얻을 자격이 있는 분은 딱 그 사람이었어요.

포오샤 난 그를 잘 기억해. 그는 네 칭찬을 받을 만해.

(하인 한 명 등장.)

포오샤 뭐지? 무슨 소식인가?

하인 외국인 네 분이 모두 떠나기 위해 찾으십니다, 아씨. 그리고 다섯 번째 분, 모로코의 왕자로부터 전령이 왔습니다. 그의 주인인 왕자께서 오늘 밤 도착하신다는 말을 전했습니다.

포오샤 다른 네 분과 작별하는 것만큼 기쁜 마음으로 다섯 번째 분을 환영할 수 있다면, 나는 그의 방문이 즐겁겠지. 그가 악마처럼 까만 얼굴에 성자의 내면을 갖춘 자라면, 나와 결혼하지 말고 내 고해성사나 들어주었으면 좋겠다. 가자!

네리사 (하인에게) 어서 먼저 가. 우리가 한 구혼자에게 문을 닫자마자, 다른 이가 문을 두드리는구나.

(퇴장.)

3장

베니스 광장

(바사니오와 샤일록 등장.)

샤일록 삼천 두카트라, 으으~ 음!

바사니오 네, 선생님, 세 달 동안이요.

샤일록 세 달 동안! 으으~ 음!

바사니오 거기에, 제가 말씀드린 대로 안토니오가 보증을 설 겁니다.

샤일록 안토니오가 보증을 선다, 으으~ 음!

바사니오 제게 돈을 빌려주시겠습니까? 절 기쁘게 해주시겠습니까? 답을 들을 수 있을까요?

샤일록 삼천 두카트를 세 달 동안, 그리고 안토니오가 보증을 선다?

바사니오 맞습니다.

은유 샤일록, 정말 노련한 장사꾼이다. 샤일록은 오로지 바사니오가 한 말을 다시 한 번 반복만 하고 있어.

자기가 하고 싶은 소리를 바사니오 입에서 하나씩 저절로 나오게 하고 있다니, 진짜 놀랍다. 자기는 한마디도 하지 않고서 어떻게 그럴 수 있지?

시우 무슨 그런 섭한 말씀을! 샤일록도 말을 했어. "으으~ 음!"을 세 번이나 했잖아~.

"으으~ 음!"이 요술 방망이라도 되나 보지.

시우 바사니오가 자신의 빚 청산 생각에 몸이 바싹 달아 있어서 그런 거지. 유대인에게 '선생님'이라고 하고 있잖아. 평소에도 그랬겠어?

민기 바사니오가 자존심이고 뭐고 다 팽개칠 정도로 '돈'에 헉헉대고 있다는 사실을 샤일록은 꿰뚫어보고 있고.

안토니오만이 아니라 샤일록도 베니스의 상인인 셈이잖아?

은유 바사니오도 베니스의 상인이라고 해야 하지 않을까? 사랑을 팔아서 여인의 유산을 사려는 자니까.

시우 뭐야, 그럼 이들이 다 야누스란 말이야?

민기 맞아. 셰익스피어가 살라리노의 입을 빌려 "얼굴을 앞뒤로 하고 있는 야누스에 맹세코, 자연은 이상한 자들을 만들어 놓았어"란 말을 맨 앞쪽에 박아 놓은 게 그런 뜻이었나 보다.

은유   안토니오도 야누스 같은 사람일까?

샤일록 안토니오는 '좋음'이 있는 사람이긴 하지요.

바사니오 좋은 사람이 아니라는 악담이라도 들으셨나요?

샤일록 아하! 아, 아니, 아니, 아니오. 그가 '좋음'이 있는 사람이란 말은 그의 재산이 충분하다는 뜻이었소. 하지만 그의 재산은 추정될 뿐이오. 그에겐 트리폴리로 향한 상선이 한 척, 인도로 간 배가 또 한 척 있소. 거래소에서 들었는데 멕시코로, 영국으로 간 배가 각각 한 척씩 또 있다고 하더군요. 다른 사업들은 해외에 흩어져 있고! 그런데 배는 판자때기일 뿐이고, 선원은 사람일 뿐이지 않소. 땅쥐·물쥐가 있고, 땅도적·물도적이 있단 말이오. 해적 말이오. 게다가 물, 바람, 바위의 위험도 있지요. 그 사람은, 그럼에도 불구하고 재산이 충분하지요. 삼천 두카트라, 그의 보증서를 받을 수 있겠소?

바사니오 믿으셔도 됩니다.

샤일록 믿겠소. 믿기 위해 궁리해봐야겠소. 안토니오와 이야기를 나눠볼 수 있겠소?

바사니오 괜찮으시다면 우리와 저녁 식사를 함께 하시죠.

샤일록 (방백) 그래, 돼지고기 냄새를 맡기 위해, 너희 예언자인 나

사렛인*이 마법으로 악마를 몰아넣었다는 돼지를 먹기 위해 가지. 난 너희로부터 구매하고, 너희에게 판매하고, 너희와 대화하고, 너희와 보행하고, 여러 가지를 해. 하지만 결코 너희와는 먹지 않아. 너희와는 마시지 않고, 너희와는 기도하지 않을 테야!

저녁 식사를 같이 하자는 말에 샤일록이 왜 이렇게 흥분하지?

민기　기독교인은 돼지고기를 먹지만 유대인은 안 먹거든.

은유　돼지고기 없이 식사하면 되잖아.

민기　기독교인이 유대인을 그렇게나 배려하겠어?

시우　돈을 빌려야 하는 처지인데도?

민기　당시 기독교인은 돈을 빌리면서도, 유대인이 돈을 빌려주는 대가로 몇 푼 안 되는 이자를 받는다고 유대인을 죄인 취급했고, 또 예수님을 죽였다고 악마의 새끼로 여겼어. 그러니 화기애애한 식사 자리가 될 리가 없다고 생각한 거지, 샤일록의 입장에선.

돈을 빌린 다음에 골탕을 먹이려고 바사니오가 샤일록에게 식사 자리를 제안했다고 여겼나?

---

*　예수를 말한다.

샤일록 거래소에서 무슨 일이라도 있는 걸까? 저기 누가 오는데?

(안토니오 등장.)

바사니오 저 사람이 안토니오 선생입니다.

샤일록 (방백) 영락없는 아첨쟁이 같은 놈! 난 저자가 기독교인이라 싫지만, 그보다도 그의 천한 단순함 때문에 더 싫어. 돈을 무이자로 빌려주어 베니스에서 이자율을 끌어내리니 더욱 싫을수밖에. 내가 그를 불시에 덮칠 수만 있다면 오랫동안 참아온 원한을 살찌울 수 있을 텐데. 그는 우리의 신성한 나라를 싫어하고 욕까지 퍼붓고 있지. 상인들이 많이 모이는 곳에서 나와 내 협상을, 이자라 부르며 나의 정당한 이익을 조롱하지. 내가 그를 용서한다면 내 부족은 저주받을지어다!

바사니오 샤일록, 듣고 있소?

샤일록 내 현금 사정을 따져보고 있었소. 기억으로 어림잡아보니, 삼천 두카트 전부를 즉시 마련할 순 없을 것 같소. 뭐 어떻소? 튜발이라고, 나와 같은 유대인인데 무척 부자지요. 그가 내게 융통해줄 거요. 잠깐만, 몇 달이나 빌린다고 하셨죠? (안토니오에게) 잘 지내십니까, 잘생기고 선한 선생님. 마침 나리에 대해 찬사를 늘어놓던 중이었습니다.

안토니오 샤일록, 나는 돈을 빌려주거나 빌리면서 초과분으로 수수료를 받지도 주지도 않네. 하지만 내 친구의 급한 요구를 충

족시키고자 내 원칙을 깨겠네. (바사니오에게) 그대가 얼마나 원하는지 저자가 알고 있는가?

샤일록 예, 예. 삼천 두카트죠.

안토니오 세 달 동안.

샤일록 깜박했군요. 세 달 동안, 그렇게 말씀하셨습니다. 나리의 보증까지! 그럼 좋습니다. 어디 봅시다. 그런데, 나리께선 빌려주든 빌리든 이자는 없다고 하신 것 같은데요.

안토니오 돈을 그런 식으로 이용한 적이 없네.

샤일록 야곱이 그의 삼촌 라반의 양을 칠 때에……. 신성한 아브라함의 자손인 야곱은, 그의 지혜로운 어머니가 그를 도와 애써서 제3대 상속자, 그래요, 3대 상속자였죠…….

안토니오 그가 어쨌다는 건가? 그가 이자를 받았나?

샤일록 아니요, 이자를 받지 않았죠. 선생께서 말씀하신 바로 그 이자는 말입니다. 야곱이 뭘 했는지 주의 깊게 들어보시죠. 라반과 야곱은, 양이 새끼를 낳으면 줄무늬와 얼룩무늬가 있는 것은 야곱의 몫으로 하고, 나머지는 라반의 몫으로 하기로 타협했죠. 발정 난 암양들이 늦가을에 숫양들을 찾아가서, 이들 복슬복슬한 양들 사이에 짝짓기가 한창일 때, 그 솜씨 좋은 양치기 야곱이 뭘 했죠? 암내가 잔뜩 나 짝짓기를 하고 있는 암양 앞에, 그는 나무껍질을 벗겨 얼룩덜룩한 막대기를 들이밀었죠. 그때 임신한 양들은 얼룩덜룩한 새끼 양을 낳았고, 그것들 모두 야곱 차지가 되었고요. 이게 그가 번성하게 된 방법입니다. 그는 축복받았지요. 도둑질이 아닌 번창은 축복이니까요.

안토니오 선생, 야곱이 했던 건 모험이었소. 그의 능력으로 이루어낼 수 없는 것이고, 하느님의 손에 의해 좌우되고 조정된 것이었소. 이자 받는 것을 정당화하려고 이 얘길 했소? 아니면 당신의 금과 은이 암양이고 숫양이란 말인 거요?

시우　쌤, 샤일록이 뭔 소리를 하고 있는지 설명 좀 해주세요.

도영쌤　《성경》창세기 30장에 나온 이야기예요. 외삼촌 집에서 살던 야곱이 고향으로 돌아가겠다고 하자, 외삼촌이 더 머물러 있으면서 자기 집 일을 도와달라고 했어요. 이때 야곱이 이런 제안을 했죠. "양이 새끼를 낳으면 줄무늬와 얼룩무늬가 있는 것은 야곱 자신의 몫으로 하고, 나머지는 라반의 몫으로 하자"라고요. 라반이 받아들이자, 야곱이 이상한 마술을 부렸어요. 튼실한 양이 짝짓기를 할 땐, 야곱이 나무껍질을 벗겨서 요술 같은 일을 만들어 얼룩덜룩한 새끼가 나오도록 하고, 허약한 양이 짝짓기를 할 땐 내버려두어 얼룩무늬가 없는 허약한 양이 나오게 했죠. 몇 년이 지나자 야곱의 양은 엄청 늘어났는데, 라반의 양은 별로 늘어나지 않았다는 일화이지요.

시우   임신할 때 얼룩덜룩한 무늬를 보면 얼룩덜룩한 새끼를 낳는다는 소린데, 이게 실제로 일어날 수 있는 일인가?

 일종의 태교인데, 너무 나간 소리이긴 하다. 여기서는 야곱이 속임수를 써서 자기 재산을 불렸다는 것에 초점을 맞춰서 얘기하는 게 좋을 것 같아.

은유   나는 샤일록이 이 얘기를 하는 까닭을 도통 모르겠어. 야곱이 속임수를 쓰느라 수고를 했고 그 수고한 대가를 챙겼듯이, 자신도 이자를 받는 게 옳다는 소릴 하고 싶은 건가?

시우   그건 그렇고 야곱이라는 사람, 되게 못됐다. 자신을 거두어준 외삼촌을 그렇게 배신하다니.

도영샘   이 일이 있기 전에, 외삼촌이 먼저 야곱을 배신했어요. 외삼촌 라반에게는 두 딸이 있었는데, 야곱은 둘째가 마음에 들어, 외삼촌에게 7년 동안 일을 해줄 테니 둘째를 자기 신부로 허락해달라고 했어요. 라반이 허락을 해 야곱은 7년 동안 열심히 라반 집의 일을 도와, 드디어 결혼하게 되었죠. 그런데 라반은 첫날밤에 둘째가 아니라 첫째 딸을 야곱의 방으로 들여보냈어요. 야곱은 그걸 모르고 첫째와 동침했지요. 이 사실을 나중에 알게 된 야곱이 항의하자, 외삼촌은 둘째부터 식을 올리는 것은 그곳 풍습이 아니라며, 7

년 더 일을 해주면 둘째 딸도 야곱에게 보내겠다고 했죠. 어쩔 수 없이 야곱은 7년을 더 채워, 둘째 딸 라헬도 아내로 맞이할 수 있었어요.

은유   잠깐, 지금 복수와 배신의 코드가 작동하리라는 걸 샤일록이 안토니오에게 알려주고 있는 건가? 야곱이 자기 양은 재생산성이 높게 하고, 외삼촌의 양은 불임이나 다름없는 상태로 만들어버린 것은, 외삼촌이 자기에게 약속했던 둘째 딸이 아니라 첫째 딸을 그의 방으로 보낸 것에 대한 복수라고 할 수 있잖아?

시우   그럴 것도 같다. 그런데 안토니오는 샤일록을 배신한 게 없어!

민기   과연 그럴까? 샤일록이 정말 이유 없이 사람을 죽이려 드는 악마일 리는 없잖아?

🙂   복수와 배신, 야누스와 우울의 코드라~. 이 작품 점점 흥미로워지는 걸?

샤일록 말씀드릴 수 없습니다만, 전 그만큼 빨리 번식시키죠. 하지만 제 말에 주목하세요, 나리.

안토니오 이걸 보게, 바사니오. 악마도 목적을 위해선 성서를 인용한다네. 신성한 증언을 하는 악한 영혼은 웃는 얼굴을 가진 악한

과도 같고, 좋아 보이지만 속이 썩은 사과와도 같다네. 오, 거짓이 얼마나 좋은 외양을 가지는지!

시우   "거짓이 얼마나 좋은 외양을 가지는지"는 바사니오에게 해
        줄 소리가 아닌가?

민기   안토니오에겐 바사니오의 야누스적인 실상이 왜 보이지
        않는 걸까?

       콩깍지가 씐 안토니오 눈에 그런 게 보일 리가 없지.

샤일록 삼천 두카트, 이건 꽤 많은 액수입니다. 열두 달 중 석 달이
라, 그럼 어디 봅시다. 이율은…….

안토니오 그래 샤일록, 우리에게 융통해주겠나?

샤일록 안토니오 나리님, 나리께선 거래소에서 걸핏하면 제 돈과
어음이 어떻다는 둥 절 꾸짖으셨지요. 저는 어깨를 으쓱거리며
참고 견뎠고요. 모욕을 견디는 게 우리 족속의 표식이니까요. 나
리는 저를 이교도, 살인자, 심지어는 개라 욕하며 제 유대식 외
투에 침을 뱉었지요. 그게 다 제 돈을 제가 쓴 것 때문이었어요.
그래요, 지금 제 도움이 필요하신 것 같군요. 나리께선 이제 제
게 와서 "샤일록, 우리가 돈이 필요하네"라고 말씀하신다 이거
예요. 제 턱수염에 침을 뱉고, 낯선 똥개를 문지방 너머로 차듯

이 절 걷어찼던 나리께서 제게 돈을 간청하시는군요. 제가 뭐라 해야 할까요? "개에게 돈이 있습니까? 똥개가 삼천 두카트를 빌려주는 것이 가능한가요?" 이렇게 말해야 하지 않을까요? 아니면 몸을 한껏 굽히고 노예의 어조로 이렇게 말해야 할까요? "공정하신 나리님, 지난 수요일에 제게 침을 뱉으셨고, 저번에는 저를 발로 걷어차셨고, 그전번엔 저를 개라 부르셨습니다. 그런 친절에 보답하고자 이 많은 돈을 빌려드리겠습니다." 이렇게요?

안토니오 난 앞으로도 자네를 개라 부르고, 발로 차고, 자네에게 침을 뱉겠네. 내게 돈을 빌려준다면, 친구에게 빌려준다고 여기지는 말게. 친구 사이에, 새끼를 낳지 못하는 쇳덩이를 빌려주고 새끼 쳐서 가져오라고 하지는 않는 법이니까. 원수에게 돈을 빌려준다고 여기고서 빌려주게. 그래야 내가 계약을 지키지 못할 경우에, 실실 웃으며 더 많은 벌금을 받아낼 수 있을 테니까.

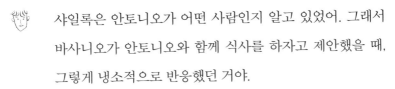

샤일록은 안토니오가 어떤 사람인지 알고 있었어. 그래서 바사니오가 안토니오와 함께 식사를 하자고 제안했을 때, 그렇게 냉소적으로 반응했던 거야.

시우 안토니오가 유대인 혐오증에 걸린 사람이었다니……. 여기 나오는 인물들 갈수록 가관이다.

은유 그것도 중증이야. 죽었다 깨어나도 유대인 혐오에 대해 반성할 수 없는 상태이니까.

시우 진짜로 죽을 상황에 처하면 달라지지 않을까?

민기 안토니오의 유대인 혐오증이 과연 그만한 정도일까? 이 작품 끝날 즈음에는 알게 되겠지.

아무튼 안토니오 역시 '야누스'야. 바사니오에 대한 태도와 유대인에 대한 태도가 같은 사람에게서 나왔다고 볼 수가 없어.

샤일록 아니, 나리. 성미가 왜 이리 급하시나요! 전 나리의 친구가 되어 사랑을 받고 싶습니다. 나리께서 제게 쏟아 부은 그 모욕은 잊고, 나리께서 지금 원하는 것을 해드리겠습니다. 단 한 푼도 대가를 받지 않고서요. 그런데도 나리께선 제 말을 듣지 않으시는군요. 제가 드리는 건 친절입니다.

바사니오 그건 친절이지.

샤일록 친절을 저는 베풀겠습니다. 저와 함께 공증인에게 가서 도장을 찍으시죠. 그리고 재미 삼아, 선생께서 특정 날짜, 특정 장소에서 증서에 쓰인 금액을 갚지 못하시면, 나리의 부드러운 살을 제가 원하는 부분에서 일 파운드 잘라낸다는 처벌을 정하죠.

민기 역시 샤일록은 돈을 파는 상인이야. 안토니오가 계약을 안

할 것 같으니까 얼른 꼬리를 내리고서 "아니, 나리. 성미가 왜 이리 급하시나요" 하며 분위기를 확 바꿨어.

시우 안토니오가 싫어하는 '이자'를 한 푼도 안 받겠다는 제안까지 했어.

민기 꿍꿍이속이 있으니까.

은유 샤일록이 안토니오에게 당했던 이야기를 했을 때, 안토니오가 사과했으면 샤일록이 이런 흉계를 꾸몄을까?

미안하다고는 안 해도, 최소한 "난 앞으로도 자네를 개라 부르고, 발로 차고, 자네에게 침을 뱉겠네"라고는 하지 말았어야지.

민기 안토니오는 샤일록의 꿍꿍이를 눈치 못 챘을까?

샤일록의 꿍꿍이 같은 게 안토니오의 안중에 있을 리 없지. 사람 취급을 안 하는데, '개'의 꿍꿍이가 뭐가 중요하겠어. 오로지 안토니오와 그들 부류만 사람이라고 인정하는 자인걸.

민기 그것도 그거지만, 바사니오에 대해선 그 자신의 것이 없는 것처럼 구는 사람이지. 앞에서 안토니오가 바사니오에게 했던 말이 새삼 떠올라. "내 지갑, 내 자신, 내 마지막 수단까지도 그대에게는 모두 자물쇠가 열려 있는 상태라네." 안토니오는 왜 유독 바사니오에게 이리 친절한 걸까?

시우   이런 말도 했지. "그대가 나를 의심해서 이렇게 하는 것보
다 더 잘못하는 일은 없네. 내가 가진 모든 걸 망치는 것보
다도 더 큰 잘못이지."

은유   혹시 바사니오에 대한 안토니오의 감정이 우정이 아니라
사랑인 거 아냐? 그러지 않고서야 이렇게까지 하겠어?

안토니오 좋아, 맹세하지. 난 이 계약에 도장을 찍겠네. 그리고 유
대인에겐 친절이 가득하다고도 말하겠네.

바사니오 이런 계약에, 나를 위해 도장을 찍어서는 안 되네. 난 차
라리 곤궁 속에 있겠네.

안토니오 아니, 두려워 말게, 이 사람아! 난 처벌을 받지 않네. 두
달 안에, 그러니까 계약이 만료되기 한 달 전에 대출금의 세 배
의 세 배가 들어오네.

샤일록 오, 아버지 아브라함이시여! 이 기독교인들 좀 보십시오.
자신들이 거래를 각박하게 하니까, 다른 사람도 그러는 줄 알
고 의심하네요. (바사니오에게) 나리께서 날짜를 어기시더라도, 처
벌을 요구함으로써 내가 무엇을 얻겠소? 사람에게서 떼어낸 일
파운드의 살덩이가 양고기, 소고기, 거위고기보다 더 값이 나가
오? 그것 가지고 무슨 수익이라도 낼 수 있단 말이오? 나리의
호의를 사기 위해 이렇게 우정의 손길을 내미는 거요. 나리께서

받아들이신다면 그렇게 하고, 아니라면 안녕히 가시오. 부탁컨대 내 사랑을 곡해하지 마시오.

안토니오 알았네, 샤일록! 이 계약서에 도장을 찍겠네.

샤일록이란 사람, 천생 거래에 닳고 닳은 자다. 아까는 안토니오가 밀쳐내자 슬쩍 다가가더니만, 이번엔 자신이 밀쳐냄으로써 안토니오를 자기 쪽으로 당겼어.

시우 바사니오는 이 계약을 말려야 하는 것 아니야?

은유 말리긴 했지. 안토니오가 자기 말을 들어 이 계약을 깨뜨리는 일 같은 건 결코 일어나지 않을 거라는 걸 알고 있으니까.

시우 바사니오를 너무 나쁘게 보는 것 아니야?

그는 사기꾼이고 선수야! 어느 정도의 말을 해놔야, 자기가 비정한 인간이란 게 들키지 않는다는 걸 체질적으로 알고 있는 작자이지.

민기 하기야 그 정도로 겉을 꾸밀 수 없다면 누가 이런 작자에게 사기를 당하겠어.

시우 포오샤는 영리하니까, 둘이 만나면 재미있겠다.

민기 참, 쌤! 삼천 두카트가 어느 정도이죠?

도영샘 위키피디아에 따르면, "베네치아 두카트는 순도 99.47%

의 금 3.545g을 함유하고 있었다"고 하네요. 금반지 1돈이 3.75g이니까, 1돈짜리 금반지 3000개정도라는 소리죠.

시우 예? 여인을 만나러 가는데 그렇게 많은 돈이 왜 필요하지?

은유 사기 쳐야 하니까! 돈이 많은 것처럼 엄청나게 화려하게 꾸며서 포오샤를 휘둥그레 만들어야 그녀를 꼬드길 수 있다고 생각한 거겠지.

금·은·납 세 상자 중에서 제대로 된 상자만 고르면 되는 거 아냐?

민기 과연 그럴까? 그때 가서 보면 알겠지.

은유 친구의 목숨을 담보로 사기 치는 인간이나, 그런 인간에게 푹 빠져 있는 인간이나 똑같다 정말!

민기 정말로 안토니오가 바사니오에게 우정이 아닌 사랑의 감정을 품고 있는 거 아니야?

은유 그럴 것 같아. 안토니오의 우울이나, 그가 바사니오에게 헌신하는 태도가 이제 이해가 돼.

시우 바사니오가 결혼 상대를 찾아간다는데도 자기 목숨을 담보로 돈을 빌려서 꿔주는데, 그건 말이 안 되는 거잖아.

당시에는 동성연애를 하다 들키면 화형이니까, 사랑하면서도 그것을 바사니오에게 표명하지는 못했겠지. 혼자서 끙끙 앓으면서 바라만 보기로 작정하지 않았을까?

시우 바사니오는 안토니오가 자기를 좋아한다는 걸 정말 몰랐을까?

은유 알고서 그것을 이용한 거지. 안토니오의 돈을 자기 돈처럼 쓸 수 있으니까.

시우 그렇다면 바사니오는 포오샤만이 아니라 안토니오에게도 사랑을 가지고 사기 친 자네.

샤일록 그럼 당장 공증인 사무실에서 만나죠. 그에게 이 즐거운 계약에 대해 지침을 내리고, 저는 바로 돈을 가지러 집으로 가겠습니다. 미덥지 않은 놈에게 집을 맡긴지라 집을 살펴보고 곧 합석하겠습니다.

안토니오 서두르게, 친절한 유대인. (샤일록 퇴장.) 저 유대인은 기독교도로 개종하겠군. 친절해지고 있어.

바사니오 말은 공정하지만, 마음은 검은 자! 나는 싫네.

안토니오 왜 그러나, 실망할 게 없어. 내 배들이 기한보다 한 달 먼저 도착할 걸세.

(퇴장.)

2막

1장

벨몬트, 포오샤 집의 방

(코넷 소리. 모로코의 왕자와 그의 무리 등장. 포오샤, 네리사 그리고 기타 등
등 참석.)

모로코 왕자 빛나는 태양의 그림자를 상징하는 제 피부색 때문에
절 싫어하지 마십시오. 전 태양의 이웃이기에 태양 가까이에서
길러졌습니다. 포이보스*의 불도 고드름을 녹이지 못한다는 북
쪽에서 태어난 희디흰 자를 데려와, 당신을 향한 사랑을 걸고 누
구의 피가 더 붉은지 살을 베어 시험해볼까요. 숙녀분이시여, 이
얼굴은 용감한 자도 두렵게 했습니다. 맹세컨대 우리나라에서
최고로 여겨지는 처녀들도 이 얼굴을 사랑했습니다. 나의 상냥
한 여왕이시여! 당신을 위해서라면 모를까, 저는 이 색을 바꾸지
않을 겁니다.

* 그리스 신화에 나오는 태양의 신 아폴론을 말한다.

포오샤 반려자를 고를 때, 저는 소녀의 눈이 좋아하는 방향만을 따를 수는 없습니다. 게다가, 운명의 추첨이 자발적 선택을 막고 있지요. 아버지께서 제한하시지 않았더라면, 즉 말씀드린 방법으로 저를 얻는 자와 결혼하라고 유언으로 저를 가두시지 않았더라면, 당신은, 이름난 왕자여, 제 애정을 위해 왔던 어느 손님보다 넘칩니다.

모로코 왕자 그것만으로도 감사합니다. 부탁하건대, 제 운을 시험하기 위해 저를 상자로 이끌어주십시오. 사파비의 왕과 왕자를 무찌르고 술레이만 술탄과의 전투를 세 번 승리한 이 초승달 검에 맹세합니다. 숙녀분이시여, 당신을 얻기 위해서라면 저는 가장 엄중한 눈도 굴복시키고, 가장 용감한 심장도 압도하며, 젖 빠는 새끼 곰을 어미 곰에게서 뜯어내고, 먹이를 찾아 포효하는 사자를 조롱할 것입니다. 하지만 아아! 헤라클레스*와 그의 종 리카스가 누가 더 힘이 센지 주사위로 결정한다면, 우연히 약한 손으로부터 더 좋은 주사위의 굴림이 이루어질 수 있습니다. 그러면 헤라클레스는 자신의 종에게 패배하지요. 저도 그럴 수 있습니다. 자격이 부족한 자가 얻는 걸 보며, 저는 눈먼 운명에 이끌려 슬퍼하며 죽겠지요.

포오샤 당신은 운명을 받아들여야 합니다. 아예 선택을 시도하지

---

* 그리스 신화에 나오는 제우스의 아들이자 반신반인인 영웅이다.

않거나, 상자를 잘못 고르면 앞으로는 결혼에 대해서 말도 꺼내지 않겠다고 선택 전에 맹세해야 합니다. 그러니 잘 생각해보십시오.

모로코 왕자 안 하고 싶지는 않습니다. 가시죠. 저를 제 운에게로 이끌어주십시오.

포오샤 먼저 사원으로 가시지요. 저녁 식사 후에 당신의 선택이 결판날 겁니다.

모로코 왕자 나를 가장 축복받거나 저주받은 자로 만들 선택에 행운이 있기를!

(코넷 소리. 모두 퇴장.)

시우　상자를 잘못 고르면 죽을 때까지 홀아비로 지내야 한다는 조건이 있었구나!

민기　그래서 앞에 왔던 사람들이 시도도 해보지 않고 떠났던 거야.

모로코 왕자는 자신의 검은 얼굴이 마음에 걸렸나 봐. "북쪽에서 태어난 희디흰 자를 데려와, 당신을 향한 사랑을 걸고 누구의 피가 더 붉은지 살을 베어 시험해 볼까요"라고 말하고 있는 걸 보면.

시우　포오샤는 개의치 않은 것 같은데? "당신은, 이름난 왕자여,

제 애정을 위해 왔던 어느 손님보다 넘칩니다"라고 한 것
을 보면.

은유 맞아. 외모를 보고 남편을 골라서는 안 된다고 포오샤 스스
로 말했으니까. "반려자를 고를 때, 저는 소녀의 눈이 좋아
하는 방향만을 따를 수는 없습니다"가 그런 말이잖아.

 정말 포오샤가 유색인에 대한 편견이 없을까? 그렇다면 당
대에는 정말 대단한 여자이지.

2장

베니스 거리

(란슬롯 등장.)

란슬롯 내 양심은 당연히 나의 주인 유대인으로부터 달아나는 걸 허락할 거야. 마귀가 내 팔꿈치에 달라붙어서, "고보, 란슬롯 고보, 착한 란슬롯." 혹은 "착한 고보." 아니면 "착한 란슬롯 고보, 다리를 써, 출발해, 달아나."라며 유혹하고 있단 말이야. 하지만 내 양심은, "아니, 주의해, 정직한 고보." 아니면 앞서 말한 것처럼 "정직한 란슬롯 고보, 달리지 마. 발꿈치로 달아나길 거부해." 라고 말한단 말씀이야. 가장 용감한 마귀 두목은 나에게 쉴 새 없이 명령을 뱉어내. "가!" "멀리!" "하늘에 맹세코, 용감한 생각을 깨워." "그리고 달려."라고 말이지. 하지만 내 양심은 내 심장의 목에 매달려 지혜롭게 말하지. "정직한 자의 아들이자 내 정직한 친구 란슬롯." 아니면 그보다는 "정직한 여자의 아들"이라고. 왜냐면 분명히 내 아버지는 뭔가 냄새나는 짓을 했거든. 내 양심은 "란슬롯, 움직이지 마."라고 말해. 마귀는 "움직여!"라고 말하고. 양심은 말해. "움직이지 마." 나는 말하지. "양심아, 네 말이 맞아." 양심에 따르려면 내 주인이자, 신이시여 용서하소서. 일종의 악마인 유대인과 함께 있어야 한단 말이야. 유대인으로부터 달아나려면 나는 마귀에게 지배되어야 해. 악마 그 자체에게 말이야. 물론 유대인은 악마의 화신이지. 그리고 내 양심은, 내 양심은 가혹한 양심이야. 내게 유대인에게 머무르라고 조언하니까. 마귀는 더 친절한 조언을 하지. 나는 도망치겠어. 마귀야, 내 발꿈치는 네 명령에 놓였어. 난 도망치겠어.

시우 무슨 말을 하는지 도통 정신이 없다.

민기 도망가느냐 마느냐 그것이 문제로다. 이 말 뿐이야.

은유 그에게 샤일록이 얼마나 못되게 굴었으면 샤일록을 악마라고 할까?

(눈이 먼 늙은 고보가 바구니를 들고 등장.)

고보 젊은 선생, 여보시오. 부탁하건대, 유대인 선생님 댁이 어느 방향인가요?

란슬롯 (방백) 오 하늘이여, 내 친아버지잖아! 반쯤 눈먼 것 이상,

모래를 훌쩍 지나 자갈만큼이나 눈이 멀어서 날 알아보지 못하는군. 그를 혼란스럽게 해야지.

고보 젊은 선생, 부탁하건대, 유대인 선생님 댁이 어느 쪽인지 아시오?

란슬롯 다음 모퉁이에서 오른쪽으로 도세요. 하지만 직후의 모퉁이에서는 왼쪽으로 도세요. 그 다음 모퉁이에서는 돌지 말고 유대인의 집을 향해 가세요.

고보 하느님 맙소사. 찾기 엄청 어렵겠군요. 그 유대인과 함께 지내는 란슬롯이 아직도 그 집에서 사는지 혹시 아시나요?

란슬롯 젊은 란슬롯 선생 말씀이십니까? (방백) 가만 있자, 눈물을 좀 빼 놓을까! (고보에게) 젊은 란슬롯 선생 말씀이지요?

고보 그가 선생은 아닙니다, 선생님. 가난한 남자의 아들이지요. 그의 아버지는, 제 입으로 말하지만, 찢어지게 가난하지만 신께 감사하게도 건강히 살고 있습니다.

란슬롯 그의 아버지는 그런 자라고 치고, 우리는 지금 젊은 란슬롯 선생에 대해 말하던 중이었잖아요?

고보 선생의 친구인 란슬롯이죠, 선생님.

란슬롯 부탁인데, 그러니까 노인 양반, 간청하는데, 젊은 란슬롯 선생에 대해 물으신 거죠?

고보 란슬롯에 대해서요. 선생님께서 원하신다면.

란슬롯 란슬롯 선생이라니까요. 란슬롯 선생에 대해서는 말하지 마쇼, 노인 양반. 그 젊은 신사는, 숙명과 운명 그리고 이상한 학설, 운명의 세 자매 어쩌고저쩌고하는 학문 말이오, 그 학설에 따르면 분명히 사망했소. 쉬운 말로 하자면, 천국으로 갔다오.

고보 이런, 그럴 수가! 그 아이는 정말로 제 노년의 지팡이이자 버팀목이었거늘.

란슬롯 (방백) 내가 곤봉이나 기둥, 지팡이나 버팀목처럼 생겼나? (고보에게) 나를 알아보시겠소, 노인 양반?

고보 아아, 젊은 신사분이여, 전 선생을 모릅니다. 하지만 부탁하건대, 신께서 그의 영혼을 편하게 해주시기를, 제 아이는 살았나요, 죽었나요?

란슬롯 날 진짜 모르겠소, 아버지!

고보 아아, 선생, 저는 눈이 거의 멀었습니다. 전 선생을 모릅니다.

란슬롯 (방백) 모르지, 그럼. 설사 눈이 성하더라도 날 알아보지 못하겠지. 지혜로운 아버지라야 자신의 아이를 알아보는 법이니까. (고보에게) 그래요, 노인 양반, 당신 아들의 소식을 알려주겠소. (무릎을 꿇으며) 당신의 축복을 주세요. 진실도 빛에 드러나기 마련이고, 살인자도 오래 숨을 수는 없는 법이니까요. 인간의 지식이 당장은 속이는 게 가능해도, 시간이 지나면 진실이 드러나지요.

고보 부탁하건대, 선생, 일어나세요. 전 당신께서 제 아들 란슬롯이 아니라고 확신합니다.

란슬롯 부탁하건대, 장난은 그만합시다. 대신 축복을 주세요. 전 당신의 아들이었고, 당신의 아들이고, 당신의 아들이 될 란슬롯입니다.

고보 당신이 제 아들이라고 생각할 수 없군요.

란슬롯 그것에 대해 뭐라고 해야 할지 모르겠습니다. 하지만 전 란슬롯입니다. 유대인의 하인이고, 당신의 아내 마거리가 제 어머니입니다.

고보 그녀의 이름은 마거리가 맞지. 맹세컨대, 네가 란슬롯이라면 너는 내 혈육이다. 신께서 숭배받으시길! 수염도 났구나! 우리 집 망아지 도빈의 꼬리에 난 털보다 더 많은 털을 턱에 갖고 있어.

란슬롯 그렇다면 도빈의 꼬리는 갈수록 짧아지나보군요. 지난번에 봤을 땐 제 머리털보다 더 수북했으니까요.

고보 신이시여, 정말 변했구나! 주인과는 잘 지내니? 그분께 선물을 가져왔단다. 그분과 사이는 어떠니?

란슬롯 그럭저럭 괜찮아요. 하지만 나로서는 도망치기로 결심했으니까, 멀어지기 전에는 쉬지 않을 거예요. 제 주인은 안팎으로 유대인이에요. 그에게 선물을 준다고요? 고삐나 주세요. 전 그의 밑에서 굶어 죽을 지경이에요. 제 손가락 수만큼 제 갈비

뼈 수를 셀 수 있을 정도예요. 아버지, 오셔서 기뻐요. 선물을 바사니오 선생에게 주세요. 그는 가끔 새 제복을 주니까요. 그분을 섬길 수 없다면, 저는 땅 끝까지 달아나겠어요. 오, 행운이 오다니! 그분이 오네요. 이분께 가세요, 아버지. 내가 유대인을 계속 섬기면 나도 유대인이나 마찬가지이니까요.

은유	셰익스피어는 이런 장면을 왜 넣었지?
	글로 읽으면 별로이지만, 극장에서 보면 재미있을 것 같지 않니?
민기	하인인 란슬롯이 "굶어 죽을 지경"이라고 말할 정도로 샤일록이 구두쇠라니, 란슬롯이 도망갈 수밖에 없겠다.
	그것도 란슬롯이 도망가려는 이유이지만, 샤일록이 유대인인 것도 또 다른 이유이지. 그는 "내가 유대인을 계속 섬기면 나도 유대인이나 마찬가지이니까"라고 말했어.

(바사니오, 레오나르도와 하인들 등장.)

바사니오 그렇게 하게. 하지만 저녁 식사가 다섯 시에는 가능하도록 서두르게. 이 편지를 전달하고, 하인 옷을 만들어 달라 하고, 그리고 그라치아노에게 내 숙소로 바로 오라고 말해주게.

(하인 한 명 퇴장.)

란슬롯 저분이 바사니오 선생이에요, 아버지. 저분에게 가세요.

고보 신께서 선생을 축복하시기를!

바사니오 정말 고맙군요! 제게 무엇을 원하시지요?

고보 여기 제 아들이 있습니다, 선생님. 불쌍한 아이죠…….

란슬롯 불쌍한 아이는 아닙니다, 선생님. 하지만 부유한 유대인의 하인이죠. 선생님, 제 아버지께서 설명하시겠지만…….

고보 그에겐 병이 있습니다, 선생님. 말하자면, 모시려는…….

란슬롯 그렇습니다. 요점은, 저는 유대인을 섬기고 있지만, 소망이 있습니다. 제 아버지께서 설명하시겠지만…….

고보 제 자식과 그의 주인은, 감히 말씀드리자면, 친해지기가 어렵다는 거죠.

란슬롯 요컨대, 제게 잘못을 저지른 유대인은 정말 저로 하여금, 나이 든 제 아버지께서 선생께 잘 말씀드리리라 생각하지만…….

고보 선생께 드리고자 비둘기 요리를 가져왔습니다. 그리고 제 요청은…….

란슬롯 요컨대, 선생께서, 이 정직한 노인에게서 알아차리셨겠지만 요청하기가 제겐 어렵습니다. 그리고 제 입으로 말하지만, 제 아버지께선 노년임에도 가난하시지요.

바사니오 한 명이 둘 모두를 위해 말하시오. 무엇을 원하는지!

란슬롯 선생을 모시는 겁니다.

고보 그것이 문제의 요점입니다, 선생님!

 왜 란슬롯은 바사니오를 좋아할까?

민기 아랫사람들에게 어느 정도 인심도 쓰고, 또 유대인이 아니
니까.

은유 남의 돈을 제 돈처럼 쓰는 재주가 있는 사람이니까.

시우 보통, 바람둥이와 사기꾼이 인기가 있긴 하지. 부드러운 낯
빛, 시원시원한 말투 어느 것 하나 사람들에게 호감이 안
갈 게 없지.

 그래야 바람을 피울 수 있고, 사기를 칠 수 있으니까.

바사니오 나는 너를 잘 안다. 오늘 내가 너의 주인 샤일록과 대화
를 나누었는데, 너를 기쁘게 했느니라. 그가 너를 추천했다. 부
유한 유대인의 집을 떠나 가난한 신사의 하인이 되는 것이 기쁨
이라면 좋은 일이겠지.

란슬롯 옛 속담에 '하느님의 은총은 보배'란 말이 있죠. 주인 샤일
록과 선생님이 반반씩 나눠가지셨네요. 선생님께서는 신의 은
총을 입으셨고, 그는 재산이 많으니까요.

바사니오 말재간이 있군. 아들과 함께 가시죠, 영감님. 옛 주인에게

하직 인사하고 내 숙소로 오너라. (하인들에게) 다른 자들 옷보다 장식이 많이 달린 제복을 저자에게 주어라. 바로 시행하라.

란슬롯 아버지, 가시죠. 저는 이 일자리를 얻을 수 없어요. 말재간이 없어서 일을 할 수 없다고요. 어쨌거나, 성서에 맹세하건데, 이탈리아에서 누가 나보다 더 행운이 있을까? (자신의 손금을 들여다보며) 어쨌든, 이 선은 생명선이고, 이것은 약간의 아내들 선이야. 젠장, 아내가 열다섯 명이면 없는 폭이지! 과부 열한 명과 처녀 아홉으로는 한 남자에게 참으로 쓸쓸하지. 익사 위기에서 세 번 탈출하고, 깃털침대의 가장자리에서 목숨을 잃을 위험이 있고, 액땜이군. 그래, 운명의 여신도 여자니까, 놀아볼만 하겠지. 아버지, 갑시다. 눈 깜빡할 사이에 유대인에게 인사하고 올게요.
(란슬롯과 늙은 고보 퇴장.)

민기   란슬롯이 바사니오의 하인이 되고 싶어했잖아? 바사니오가 하인으로 받아들여주겠다는데도, 난데없이 자기는 "이 일자리를 얻을 수 없어요."라고 한 까닭은 뭐지?

시우   바사니오에게 제대로 말도 못할 정도로 그의 하인이 되고 싶어했는데…….

은유   "말재간이 없어서 일을 할 수 없다고" 했으니까, 그것과 관계가 있지 않을까?

란슬롯이 입어야 할 옷이 "장식이 많이 달린 제복"이잖아 요? 이런 옷은 보통 어릿광대가 입는 옷이에요. 바사니오 가 란슬롯에게 말재간을 부릴 어릿광대 역을 맡기려 했던 거죠.

시우 란슬롯이, 자기는 어릿광대 노릇할 자신이 없다는 소리를 한 거구만.

은유 란슬롯이 자기의 손금을 들여다보며 한 말이 어릿광대에 게 딱 맞는 말이라는 생각이 들지 않니?

시우 나도 그가 어릿광대 노릇을 하고 있다고 생각해.

사실은 샤일록에게서 도망가야겠다며 혼잣말을 했을 때나 아버지를 가지고 놀릴 때도 이미 영락없는 어릿광대였어.

바사니오 부탁이니, 착한 레오나르도, 기억해라. 이것들을 구입해 서 가지런히 진열한 뒤, 서둘러 돌아오너라. 오늘 가장 존경하는 지인들과 연회를 여니까. 어서 가라.

레오나르도 예, 최선을 다하겠습니다. (그라치아노 등장.)

그라치아노 네 주인은 어디 계시느냐?

레오나르도 저기 계십니다, 나리. 오고 계시네요. (퇴장.)

그라치아노 이보게, 바사니오!

바사니오 아, 그라치아노!

그라치아노 자넨 내 말을 거절해선 안 되네. 나도 자네와 함께 벨몬트로 가야겠네.

바사니오 뭐, 그럼 가야지. 하지만 그라치아노 자넨 너무 거칠고, 무례하고, 목소리가 크네. 자네는 그것으로 충분히 행복하고, 우리 눈에도 그것이 잘못으로 비치지 않네. 하지만 자네를 모르는 곳에선, 글쎄, 자네가 뭔가 너무 함부로 행동한다고 여겨진다고나 할까. 부탁이네만, 자네의 펄펄 뛰는 기질을 차가운 겸손 몇 방울로 누그러뜨리는 고통을 감수해주게. 안 그러면 자네의 거친 행동으로 내가 그곳에서 오해받게 되고, 그것으로 내 희망은 물거품이 될 수도 있으니까.

그라치아노 바사니오 선생, 들어보게나. 그곳에서 나는 진지한 태도를 보이고, 점잖게 말하고, 욕은 가끔만 하고, 주머니에는 늘 성서를 넣고 다니며, 엄숙한 표정을 지을 걸세. 아니 더, 식사 기도를 드릴 때는 모자로 눈을 가리고, 한숨을 쉬며, "아멘"이라고도 말할 걸세. 할머니가 좋아할 온갖 예의를 다 차리고, 몸가짐이 잘 학습된 것처럼 하겠네. 그렇지 않으면 날 더 이상 믿지 말게.

바사니오 좋아! 자네의 태도를 두고보겠네.

그라치아노 하지만 오늘은 아닐세. 자네는 오늘 밤의 일로 날 평가해선 안 되네.

바사니오 물론. 그러면 슬프지! 나는 자네에게 오히려 오늘 밤 흥

청망청 놀아달라고 간청하네. 오늘 밤 진탕 놀기 위해 친구들이
모이니 말일세. 그럼 잘 가게나. 난 일이 좀 있네.

그라치아노 나도 로렌조와 다른 친구들에게 가봐야 하네. 하지만
저녁 식사 때는 자네에게 가겠네.

(퇴장.)

포오샤를 속일 만반의 준비를 하고 있구만.

시우   그러면서도 여기서는 진탕 놀겠다는 거고.

은유   여기는 포오샤가 없으니까.

3장

샤일록 집의 방 안

(제시카와 란슬롯 등장.)

제시카 네가 우리 아버지를 떠난다니 슬퍼. 우리 집은 지옥이지. 그리고 넌 명랑한 악마였어. 이 집의 따분한 느낌을 없애주었으니까. 하지만 잘 가. 여기 너를 위한 두카트 한 닢이 있어. 그리고 란슬롯, 곧 저녁 식사 때, 넌 네 새 주인의 손님, 로렌조를 보겠지? 아무도 모르게 그에게 이 편지를 줘. 잘 가. 내가 너와 대화하는 것을 우리 아버지가 보지 않았으면 하거든.

란슬롯 안녕히 계세요! 눈물이 제 혀를 대신하는군요. 가장 아름다운 이교도, 가장 상냥한 유대인 아가씨! 어떤 기독교인이 나쁜 짓을 해서 당신을 낳은 게 아니라면, 저는 크게 속은 거겠죠. 하지만 안녕히 계세요. 이 멍청한 눈물에 제 사나이 기운이 잠겨버리는군요. 안녕히 계세요.

제시카 잘 가, 착한 란슬롯! (란슬롯 퇴장.) 아아, 내 아버지의 자식임을 부끄러워하다니, 이 얼마나 악랄한 죄인가! 하지만 내가 피로는 그의 딸이지만, 태도로는 아니야. 오, 로렌조, 당신이 약속을 지킨다면, 난 이 분열을 끝내고 기독교인이 되어 당신의 사랑스러운 아내가 되겠어요.

(퇴장.)

 제시카가 불쌍하다. 아버지를 잘못 만나 자기 정체성의 분열 속에서 살아야 했으니.

민기 샤일록은 안 불쌍하고?

시우 자초한 일이잖아?

 어느 정도는 샤일록 자신에게 책임이 있겠지만, 당시 사회에도 책임이 있다고 생각해. 그 당시 유대인이 해도 되는 일은 거의 없었거든. 공적인 직업은 물론이고 수공업에도 종사할 수 없었어. 수공업 조합인 길드에 가입하는 게 원천적으로 봉쇄되었으니까. 그들이 일반적으로 할 수 있는 일은, 기독교인이 하지 않았던 '대금업' 정도였지. 또한 유대인은 게토라는 곳에 분리되어 그곳에서만 살아야 했어. 밖에 나갈 때는 늘 '다윗의 별'을 달지 않으면, 기독교인의 사사로운 폭력과 공권력에 의한 형벌을 받아야 했고.

시우 '다윗의 별'을 달아서 자신이 유대인임을 밝히라는 거구만. 그런 상황이었다면 마음씨 좋은 부모 밑에서 자란 아이라 하더라도, 자기 존재에 대해 분열을 느끼지 않으며 자라기 란 쉽지 않았을 것 같아. 제시카의 정체성 분열도 샤일록 때문이라기보다는 유대인으로 태어났다는 것 때문에 발생 했다고 보는 게 더 맞을 거 같아. 자신의 어버이가 문제가 있다고 해서, 자기 정체성의 분열을 느끼는 경우는 드무니 까.

민기 그나마 베니스는 유럽에서 유대인이 가장 살기 좋은 곳이 었어. 다른 나라에선 아예 살 수 없거나, 살 수는 있다 하더 라도 훨씬 제약이 많았거든.

시우 이 작품이 공연되고 있을 당시에 영국도 유대인에게 가혹 했단 말이야?

맞아요. 게다가 유대인과 관련된 정치적인 일이 1594년에 발생했어요. 엘리자베스 여왕의 담당 의사였던 유대인이, 스페인 국왕에게 매수되어 여왕을 독살하려 했다가 실패 했다고 자백한 사건이에요. 그런데 그 유대인은 이 사건이 고문에 의한 조작이었다고 호소했어요. 여왕도 그의 유죄 에 의문을 품어 사형 집행 문서에 서명하는 것을 3개월이 나 보류하다가 마지못해 서명한 걸로 봐서, 의문이 많이 드

는 사건임엔 틀림이 없어요.《베니스의 상인》이 1596년 즈음에 발표되었으니까, 이 즈음 잉글랜드에서 유대인 혐오가 얼마나 지독했을지는 짐작이 갈 거예요.

4장

베니스 거리

(그라치아노, 로렌조, 살라리노, 솔라니오 등장.)

로렌조 아냐, 우리는 저녁 식사 때 살짝 빠져나오세. 내 숙소에서
변장하고, 한 시간 안에 돌아오는 게 좋겠네.

그라치아노 준비가 충분하지 않네.

살라리노 누가 횃불잡이를 할지 정하지도 않았네.

솔라니오 감쪽같이 하지 않으면 꼴불견일 거네. 내 생각엔 하지 않
는 게 낫겠네.

로렌조 지금 겨우 네 시네. 우리에겐 두 시간이 있네. (란슬롯이 편지
를 들고 등장.) 어, 란슬롯, 무슨 일이냐?

란슬롯 나리께서 이걸 뜯어보신다면 알 수 있을 겁니다.

로렌조 난 이 필체를 알지. 정말 부드러운 필체야. 하지만 이 글을
쓴 손은 하얀 종이보다도 더 새하얗지.

그라치아노 필시 연애편지로군.

란슬롯 나리, 그럼 실례하겠습니다.

로렌조 어디로 가나?

란슬롯 아, 나리님! 새 주인이신 기독교인의 저녁 식사 자리에, 제 옛 주인인 유대인을 초대하러 갑니다요.

로렌조 잠깐만, 이걸 받게. (돈을 준다.) 다정한 제시카에게 전하게. 그녀를 놓치지 않겠다고 아무도 모르게 말해주게. (란슬롯 퇴장.) (그라치아노, 살라리노, 솔라니오에게) 갑시다, 신사분들. 오늘 밤 가면 무도회를 준비해야죠? 난 횃불 들 사람을 찾았네.

살라리노 그래야지. 바로 시작하세.

솔라니오 그러세.

로렌조 몇 시간 뒤에 그라치아노의 숙소에서 만나세.

살라리노 그렇게 하세.

(살라리노와 솔라니오 퇴장.)

그라치아노 그거 제시카로부터 온 편지 아니었나?

로렌조 자네에겐 다 말해야겠군. 어떻게 그녀를 그녀 아버지의 집에서 빼낼지, 그녀가 어떤 금과 보석을 갖고 있는지, 그녀가 어떤 시종의 제복을 준비해 놓았는지, 그녀가 다 설명해주었네. 만약 그녀의 아버지인 유대인이 천국에 간다면 그건 그의 친절한 딸 때문일 걸세. 불행은 그녀가 불신자인 유대인의 자식이라는 것,

이것이 아니라면 그녀의 발을 잡지 못할 걸세. 가세, 나와 함께 가세. 가면서 이걸 읽게. 아름다운 제시카가 내 횃불을 들 거네.

(퇴장.)

시우   제시카가 아버지를 배신하는 음모가 진행되고 있어.

🎭   그것도 그거지만, 로렌조의 태도가 뭔가 음흉함을 숨기고 있다는 생각이 들어. "그녀가 어떤 금과 보석을 갖고 있는지"라는 말과 "아름다운 제시카가 내 횃불을 들 거"라는 말을 겹쳐보면, 로렌조에게서 바사니오가 보이거든.

은유   그러니까 친구지.

5장

샤일록의 집 앞

(샤일록과 란슬롯 등장.)

샤일록 잘됐다. 네 눈으로 똑똑히 봐라. 바사니오와 샤일록 영감의 차이를 네 눈이 심판해줄 거다. (큰 소리로) 뭐하니 제시카! (란슬롯에게) 넌 내게 했던 것처럼 마구 먹지 못할 게다. (큰 소리로) 뭐하니 제시카! (란슬롯에게) 잠을 쿨쿨 자고, 코를 골고, 옷을 찢지도 못할 게다. (큰 소리로) 아니, 제시카, 부르잖니!

민기   서로의 말이 이렇게 다르다니! 란슬롯은 샤일록 집에선 "굶어 죽을 지경"이라고 했는데, 샤일록은 자기 집에서 란슬롯이 잘 먹고, 잘 입고, 잘 잤다고 여기고 있으니 말이야.

시우   역시 진실은 두 사람이 한 말, 그 사이가 아닐까?

은유   나는 샤일록의 말이 더 진실에 가깝다고 생각해. 앞에서 바사니오가 란슬롯에게 이렇게 말했거든. "나는 너를 잘 안다. 오늘 내가 너의 주인 샤일록과 대화를 나누었는데, 너를 기쁘게 했느니라. 그가 너를 추천했다."

 그게 왜 샤일록의 말이 더 믿을 만하다는 거지?

 란슬롯이 샤일록에게 이익을 가져다주는 하인인데도 다른 사람에게 추천을 해서 보내버리려고 했을까? 다른 사람도 아닌 샤일록이?

민기　그러면 샤일록이 아니지.

란슬롯 제시카 아가씨!

샤일록 누가 너더러 부르라 했나? 난 네게 부르라 하지 않았어.

란슬롯 나리께선 제가 시키지 않은 건 아무것도 하지 못한다고 종종 말씀하셨잖습니까.

(제시카 등장.)

제시카 부르셨나요? 무엇 때문이죠?

샤일록 내가 저녁 식사에 초대받았다, 제시카. 여기 열쇠가 있다. (방백) 하지만 내가 왜 가야 하지? 난 친절로 초대받은 게 아니거늘. 그들은 내게 아첨하기 위해 초대한 건데. 그렇지만 난 미움으로 갈 테다. 방탕한 기독교인의 돈으로 먹기 위해. 제시카, 내 딸아! 집을 잘 보고 있어야 한다. 난 정말 가기가 싫다. 어젯밤

돈주머니 꿈을 꾸었거든. 어쩐지 내 평온에 불행이 다가오고 있다는 느낌이 든다.

란슬롯 간청컨대, 나리, 가시죠. 제 젊은 주인께서 나리의 '비난'*을 기다리고 계십니다.

샤일록 나도 그의 '비난'을 기다리고 있지.

란슬롯 그리고 그들은 공모했습니다. 가면무도회를 보시라고 말씀드리지는 않겠습니다. 하지만 보시게 된다면, 전에 제가 월요일 아침 6시에 코피를 흘린 게 허사는 아니었다는 걸 아시게 될 것입니다. 그때 '재의 수요일'로부터 딱 4년이 지난 오후가 바로 오늘이니까요.

샤일록 뭐, 가면무도회가 있다고? 내 말을 듣거라, 제시카야. 문을 잠가라. 그리고 북소리와 비틀린 파이프의 불쾌한 끽끽 소리를 들으면, 여닫이창 위에 올라가지 말고, 얼굴에 요란하게 치장한 멍청한 기독교인들을 보려고 길거리에 머리를 내밀지도 말아야 한다. 내 집의 귀를 막아라. 여닫이창 말이다. 천박하게 씨부렁거리는 소리가 내 경건한 집에 들지 않게 하여라. 야곱의 지팡이에 맹세코, 난 오늘 저녁 잔치에 갈 생각이 없어. 하지만 갈 테다. (란슬롯에게) 먼저 가라, 어서. 내가 가겠다고 전해라.

---

* 유식한 체하려고 어려운 말인 도착, 즉 approach을 써먹으려다가, 단어를 잘못 알아 '비난'이란 말, 즉 reproach라 말하도록 셰익스피어가 만들어 놨다.

가면무도회란 소리에 왜 이렇게 기겁을 하지?

 '재의 수요일' 전에 있는 가면무도회, 즉 카니발이 벌어지는 거니까. 그날 밤에 무슨 일이 벌어지겠니? 난장판, 성性의 향연과 분출, 생각할 수 있는 일탈은 뭐든 일어나는 날이지.

시우 '재의 수요일'에 대해 자세히 설명해줘.

민기 '재'는 죽음을 상징해. 종교적인 죄로 인해, 사람은 죽은 존재라는 거지. 재의 수요일 날 신부나 목사는 나뭇가지를 태운 잿가루를 교인들의 이마에 바르고, 또 그 재로 십자가 모양을 만든 뒤, "너는 흙이니 흙으로 돌아갈 것을 기억하라"는 말을 선포하는 의식을 치르지.

 그렇다면 '재의 수요일'은 예수님의 죽음을 기억하고, 또 자신들이 잘못 살았던 것을 떠올리며 참회하는 날인 것 같은데, 도대체 왜 그때 카니발과 가면무도회가 열리는 거지?

시우 참회하기 전에 진탕 마시고, 찐하게 즐기자는 거지.

은유 설마! 그러면 참회라고 할 수 없잖아?

민기 사실이야. 부활주일 전 40일 동안의 기간인 사순절 기간엔 육식이나 술이 금지되니까, 그날이 시작되기 전 3~8일 동안 술과 고기를 진탕 먹고 쾌락을 맘껏 누렸지.

은유   그럴 거면 '재'는 왜 바르고, 참회는 왜 해? 참회 문제와 상
       관없이 그냥 카니발을 즐긴다면 그럴 수 있어. 아니, 필요
       하지. 하지만 참회한다는 '재의 수요일'을 맞이하기 전에
       '육肉의 향연'을 실컷 벌이고 그날을 맞이하자는 심사가 도
       무지 이해가 안 돼. 기독교인들, 정말로 야누스의 얼굴을
       가진 자들이야.

민기   이 연극을 시작할 때, 살라리노가 "얼굴을 앞뒤로 하고 있
       는 야누스"를 들먹이곤 맹세하며, "자연은 이상한 자들을
       만들어 놓았어"라고 했던 게 그냥 한 소리가 아니었어.

시우   란슬롯이 샤일록에게 "전에 제가 월요일 아침 6시에 코피
       를 흘린 게 허사는 아니었다는 걸 아시게 될 것"이라고 말
       한 게, 그날 밤 성性에 탐닉하다가 코피 터졌다는 소리였
       구나.

민기   오늘 또 한 번 그런 일이 일어날 거라는 거지.

시우   그래서 샤일록이 '가면' 소리만 듣고도 자지러진 거였어.

은유   제시카도 그들과 함께할 것 같은 분위기인데…….

란슬롯 제가 먼저 가겠습니다, 나리! 아가씨, 그래도 창밖을 보세
요. 유대인 여자가 볼 가치가 있는, 기독교인 한 분이 지나갈 거
거든요. (퇴장.)

샤일록 저 멍청한 하갈의 자식*이 뭐라는 거냐, 응?

제시카 그는 "안녕히 계세요, 아가씨"라고 했어요. 다른 말은 하지 않고요.

샤일록 저 바보는 친절하긴 하지. 하지만 너무 많이 먹어. 이익을 내는 것엔 달팽이처럼 느리고, 하루 종일 낮잠을 들고양이보다도 더 자지. 수벌처럼 먹기만 하는 놈과 함께 지낼 수는 없어. 그래서 그놈을, 내 돈 빌려간 놈에게 내보냈지. 그놈 낭비하는 걸 도와주라고 말이다. 아무튼, 제시카야, 들어가거라. 바로 돌아올지도 모르겠다. 내가 말한 대로 하고, 뒷문을 닫아라. '단속을 잘하면 잃지 않는다.' 절약하는 정신에겐 언제나 신선한 속담이지. (퇴장.)

제시카 안녕히 가세요. 제 운명에 빗장이 채워지지 않는다면, 저는 아버지를, 아버지는 딸을 잃을 거예요. (퇴장.)

---

* 성경에 나오는 인물로 아브라함이 여종과 관계하여 낳은 자식이다.

6장

같은 장소

(그라치아노와 살라리노 가면을 쓰고 등장.)

그라치아노 이곳이 로렌조가 우리더러 서 있으라고 했던 그 옥상탑이네.

살라리노 약속한 시간이 거의 지났는데…….

그라치아노 그가 시간을 어긴다는 게 이상하군. 연인들은 언제나 시간 전에 달려오는데 말이네.

살라리노 오, 비너스의 비둘기들은 새로운 사랑의 맹세가 이루어질 땐, 이미 맺어진 사랑의 계약 때보다 열 배나 더 빨리 날아가 새 사랑에 도장을 찍는 법이지!

그라치아노 당연! 잔칫상에 앉을 때의 간절한 식욕을 가진 채 잔치에서 일어난다니 말도 안 되지. 갔던 길을 되돌아오는 길은 지루한 법! 세상의 어느 말이 처음 달려갈 때 보였던 불꽃을 간직한 채 돌아오겠나? 만사가 쫓아갈 때가 즐길 때보다도 더 스릴 넘치는 법. 깃발을 휘날리며 항구를 떠나는 배는, 매춘부 같은 바람에 안겨 포옹하지. 그 모습이 어찌 이다지도 떠나버리는 둘째 아들, 탕자*와 같은가! 폭풍에 돛이 누더기가 되고 갈빗대를 드러낸 채 돌아오는 배는 귀향한 탕자에 딱 맞춤이 아닌가! 매춘부 같은 바람에 야위고, 벌거벗고, 거지가 된 꼴이 딱 돌아온 탕자지.

민기   그라치아노의 말, "잔칫상에 앉을 때의 간절한 식욕을 가진 채 잔치에서 일어난다니 말도 안 되지"도 그렇고, 다른 말도 무슨 뜻인지 도통 모르겠다. 누가 설명 좀 해줄 수 있니?

살라리노의 말, "새로운 사랑의 맹세가 이루어질 땐, …… 열 배나 더 빨리 날아가 새 사랑에 도장을 찍는 법"에 힌트가 있어. 로렌조에게 오늘은 어떤 날이니? 제시카와 함께 밤을 지내며 사랑을 나눌 수 있는 날이잖아. 로렌조가 제 시각에 도착하지 않은 게 이상하지만, 그는 반드시 오니까 걱정하지 말라는 소리를 하고 있는 거야.

---

*   성경에 나오는 인물이다. 아버지를 졸라 유산으로 받을 자기 몫을 미리 받아 집을 떠나 흥청망청 쾌락을 즐기다 알거지가 되었다. 할 수 없어, 부모님께 돌아와 돼지치기라도 시켜달라고 애원한다.

민기 "갔던 길을 되돌아오는 길은 지루한 법"이라는 말은?

은유 사랑의 환희가 끝난 뒤의 허탈감과 맥 풀림을 표현하고 있는 말이지.

(얼굴 그림) "세상의 어느 말이 처음 달려갈 때 보였던 불꽃을 간직한 채 돌아오겠나? 만사가 쫓아갈 때가 즐길 때보다도 더 스릴 넘치는 법"도 그런 뜻이겠지?

시우 맞아. "귀향한 탕자"는 환락의 세월이 끝난 뒤, 그들에게 닥칠 모습이고.

살라리노 저기 로렌조가 오는군. 이에 대해선 나중에 얘기하세.

(로렌조 등장.)

로렌조 다정한 친구들, 늦은 걸 용서해주게. 내가 아니라 내 일이 그대들을 기다리게 했네. 훗날 그대들이 신붓감을 도둑질하려고 할 때, 나도 그대들만큼 기다려주겠네. 이리 오게. 이곳에 내 장인인 유대인이 산다네. 거기! 누군가?

(제시카, 소년 복장으로 등장.)

제시카 당신은 누구지요? 확신할 수 있게 말해주세요. 비록 당신의 목소리를 안다고 맹세할 수 있지만요.

로렌조 로렌조입니다. 당신의 사랑이죠.

제시카 로렌조, 확실하군요. 분명 제 사랑이죠. 제가 누구를 이렇게 사랑하겠어요? 로렌조 당신 외에. 제가 당신의 것인지 누가 알겠어요?

로렌조 하늘과 당신의 마음이 그 증인이지요.

제시카 여기, 상자를 잘 잡으세요. 노고를 견딜 가치가 있으니까요. 밤이라서 당신이 저를 보지 못하니 다행이군요. 제 변장이 부끄러워요. 하지만 사랑은 눈이 멀었죠. 스스로 저지르는 아름다운 바보짓을 연인들은 볼 수 없어요. 제가 소년으로 바뀐 것을 보면, 큐피드조차 얼굴을 붉힐 거예요.

로렌조 내려오세요. 당신이 제 횃불을 들어야 해요.

제시카 뭐라고요? 이 창피한 꼴에 불을 비추라고요? 이미, 정말, 너무 밝아요. 아니, 그건 밝히는 일이잖아요, 내 사랑을. 전 가려져 있어야 해요.

로렌조 귀여운 소년 복장으로 당신은 가려져 있어요. 내 사랑, 어서 와요. 캄캄한 밤이 달아나려 하고 있고, 우리는 바사니오의 잔치에 가야 하니까요.

제시카 문단속을 하고, 더 많은 두카트로 제 자신을 치장하고 나서 바로 당신에게 갈게요. (퇴장.)

그라치아노 거참, 내 모자에 맹세컨대, 저건 고상한 사람이지 유대인이 아니네.

로렌조 저주받더라도 난 그녀를 진심으로 사랑하네. 그녀는 지혜로우니까. 내가 그녀를 평가할 수 있다면 말이지, 내 눈이 진실하다면 그녀는 아름답네. 그리고 그녀 스스로 증명한 것처럼 그녀는 정직하네. 그러니 그녀 자체처럼 지혜롭고, 아름답고, 정직한 그녀의 형상을 내 불멸하는 영혼에 품을 거네. (제시카 등장.) 아 왔나요? 자, 신사분들, 갑시다! 우리의 가면무도회가 우리를 기다리니까요.

(제시카와 살라리노와 함께 퇴장. 안토니오 등장.)

민기　제시카가 아버지 샤일록의 돈을 갖고 튀었어.

은유　불쌍한 샤일록. 딸로부터도 버림을 받다니!

민기　유대인으로 태어난 죄, 기독교인이 아닌 죄를 탓할 수밖에.

시우　제시카도 기독교인과 결혼하려면 별수 없었겠지.

　　　궁금한 건 로렌조의 마음이야. 그가 사랑한 게 제시카가 훔쳐온 돈인지, 제시카인지 잘 모르겠거든.

　　　그가 "그녀 자체처럼 지혜롭고, 아름답고, 정직한 그녀의 형상을 내 불멸하는 영혼에 품을 거"라고 했으니까, 믿어야지.

은유　정말 그 정도로 사랑하는 사이라면 그 사람이 가진 불리함조차도 감싸야 하는 것 아냐? 제시카에게만 고통을 감수하라고 하는 것은 수상쩍은 사랑이라는 생각이 들어.

제시카가 돈을 갖고 튀는 것을, '정직하다'고 한 것을 보면 알 수 있지.

은유 제시카가 "더 많은 두카트로 제 자신을 치장하고 나서" 가겠다고 하니까, 로렌조가 "저주받더라도 난 그녀를 진심으로 사랑하네. 그녀는 지혜로우니까"라고 한 것은 또 어떻고?

시우 그것이 아니더라도 제시카가 받아야 할 고통이 정말이지 엄청난데, 그걸 혼자 감당하게 하는 건 비겁해.

 아버지와 민족을 배신하고 그의 정신을 형성해주었던 종교를 버려야 하는 제시카! 하지만 위대하다.

시우 사랑이 위대한 거지.

은유 로렌조의 사랑도 과연 위대한 걸까?

안토니오 거기 누구요?

그라치아노 안토니오, 나일세!

안토니오 이런, 이런, 나머지는 어디 있지? 아홉 시네. 우리 친구들이 모두 자네들을 기다리고 있네. 오늘 밤 가면무도회는 없네. 바람이 불고 있네. 바사니오가 지금 승선할 걸세. 나는 자네들을 찾기 위해 스무 명을 보냈네.

그라치아노 그거 기쁘군. 난 오늘 밤 돛 아래에서 떠나는 것보다 더 기쁜 게 없네. (퇴장.)

7장

벨몬트, 포오샤 집의 방

(코넷 소리. 포오샤, 모로코의 왕자 그리고 그들의 무리 등장.)

포오샤 커튼을 걷고 이 고귀한 왕자님께 상자들을 보여드려라. 자, 선택을 하세요.

모로코 왕자 금으로 된 첫 번째 상자엔 이런 글귀가 적혀 있군. "나를 선택하는 자는 수많은 사람들이 원하는 것을 얻을 것이다." 은으로 된 두 번째 상자는 이런 약속을 하는군. "나를 선택하는 자는 그가 자격이 있는 만큼 누릴 것이다." 납으로 된 둔한 세 번째 상자는 직설적인 경고뿐이군. "나를 선택하는 자는 자신이 가진 모든 것을 걸고서 모험하고 내주어야 한다." 제가 제대로 선택했는지 아는 방법은 뭡니까?

포오샤 세 상자 중 하나에 제 사진이 들어 있습니다, 왕자님. 그걸 선택하시면, 저는 그것과 함께 즉시 당신 것입니다.

모로코 왕자 신께서 내 선택을 이끌어주시길! 어디 보자, 적혀 있는 글을 다시 조사해봐야겠어. 이 납상자는 뭐라 하지? "나를 선택하는 자는 자신이 가진 모든 것을 걸고서 모험하고 내주어야 한다." '내주어야 한다'라. 무엇을 위해? 납을 위해? 납을 위해 모험을 해? 이 상자는 위협을 하는군. 모험하는 자들은 모두 온당한 이익에 대한 희망에서 하지. 황금으로 된 정신은 싸구려에게 몸을 굽히지 않아. 처녀 같은 빛깔을 한 은상자는 뭐라 하지? "나를 선택하는 자는 그가 자격이 있는 만큼 누릴 것이다." '자격이 있는 만큼'이라! 잠깐, 모로코, 네 가치를 공정한 손으로 저울질해봐! 네 추산으로 평가한다면 넌 충분히 자격이 있어. 그렇지만 그 충분히가 숙녀분에게까지 미치지 못할 수도 있어. 그럼에도 내 자격에 대해 두려워하는 건 나 자신을 약하고 무능력하게 여기는 짓이야. 내가 자격이 있는 만큼이라! 그래, 그게 숙녀분이지. 난 태생으로도, 재산과 품위, 가문에 있어서도 그녀를 얻을 자격이 있어. 하지만 그것들보다도, 나는 사랑에서 자격이 있어. 더 가지 말고 이것을 선택할까? 금으로 새겨진 글귀를 한 번만 더 보자. "나를 선택하는 자는 수많은 사람들이 원하는 것을 누릴 것이다." 그래, 그게 숙녀분이지. 온 세상이 그녀를 원해. 살아 있는 이 성스런 여인과 입 맞추기 위해 사방에서 이곳 성지에 오지. 히르카니아*의 사막과 광대한 아라비아의 자연은, 왕자들이 아름다운 포오샤를 보러 오는 직선로야. 야심찬 머리로 하늘에 침을 뱉는 물의 왕국, 바다도 외국의 마음들을 막는 장애물이 못 돼. 그들은 개울을 넘듯이 바다를 건너 아름다운 포오샤를 보러 오지. 이 셋 중 하나는 천사 같은 그녀의 사진을 담고 있어. 납이 그녀를 담고 있을까? 그런 천박한 생각을 한다면 지옥 갈 일이지. 하찮은 납궤짝은 그녀의 갈비뼈를 둘둘 말 수의를 담고 있기에도 조잡해. 아니라면, 그녀를 순금보다 열 배는 낮게 평가받는 은에 그녀를 가둘 생각을 할까? 오 죄스런 생각이지! 이렇게 값진 보석은 결코 금보다 저급한 것에 놓인 적이 없어. 영국에는 천사의 모습이 새겨진 금화가 있다지. 하지만 그건 겉에 새겨진 것일 뿐이야. 이곳엔 천사가 금빛 침대에 온몸으로 누워 있어. 열쇠를 가져오라. 나는 이 상자를 선택했다. 바라는 대로 될지니!

은유   너희들이라면 어떤 상자를 고르겠니?
    쉽지 않네~. 쓰여 있는 '글'에 힌트가 있을 것 같은데, 다 의미 있는 말이라, 나 원 참!

---

*   페르시아에 병합되었던 고대 국가이다. 그리스인들이 '먼 곳'이라는 뜻으로 언급했던 나라이다.

나를 선택하는 자는.

수없는 사람들이 원하는 것을 누릴 것이다.

그가 자격이 있는 만큼 누릴 것이다.

자신이 가진 모든 것을 걸고서
모험하고 내주어야 한다.

"나를 선택하는 자는 수많은 사람들이 원하는 것을 얻을 것이다." 금에 딱 맞는 글이긴 해. 포오샤를 선택하는 데도 '수많은 사람들이 원하는 것'이 적용되어야 할까? 수많은 사람들이 포오샤를 원하긴 하겠지만!

은유 "나를 선택하는 자는 그가 자격이 있는 만큼 누릴 것이다." 금과 납 사이에 은이 있다는 것을 생각하면 이 역시 적절한 말이긴 해. 포오샤와 함께 평생을 살 자격은 뭘까?

시우 "나를 선택하는 자는 자신이 가진 모든 것을 걸고서 모험하고 내주어야 한다." 금도 은도 아닌 납으로 태어난 운명이라면 모든 걸 걸고 살 수밖엔 없으니, 이 역시 적절한 글귀야.

여러분의 금, 은, 납에 대한 풀이가 아주 멋지고 적절하다는 생각이 드네요. 오늘은 세 상자에 써져 있는 세 문장을 가지고 각자 한 편씩 글을 써보는 것도 좋을 것 같아요. 아니, 지금 당장 글을 쓰도록 하죠. 셰익스피어가 뒷부분에서 나름대로 세 문장을 풀이했지만, 굳이 그것을 예상하거나 그것에 매인 글을 쓸 필요는 없어요. 각자 자기의 가치관에 따라 편하게 써보세요.

포오샤 여기 받으세요, 왕자님. 제 형상이 거기 있다면 저는 당신 것입니다.

모로코 왕자 (금으로 된 상자를 연다.) 오 이런! 이게 뭐지? 해골이야! 텅 빈 눈에 글이 적힌 두루마기가 있어. 뭐라고 하고 있는 거지? (읽는다.) "반짝인다고 모두 금은 아니다. 너는 자주 들었을 것이다. 내 외양만을 갖기 위해 여러 사람이 자신의 삶을 팔았다. 네가 용감한 만큼 지혜로웠다면, 사지는 젊되 판단은 원숙했다면, 너와 같은 결론은 나오지 않았을 것이다. 잘 가라. 너의 청혼은 차갑고도 차갑구나!" 차갑군, 참으로. 헛수고였어. 잘 가라, 열정이여! 내리려무나, 서릿발이여! 포오샤, 안녕히 계시오! 늙어빠진 작별을 하기에는 내 심장이 너무나도 슬프다오. 패자는 이렇게 떠나오.

(그의 무리와 퇴장. 코넷 소리.)

포오샤 우아한 제거로다! 커튼을 쳐라. 가자. 그와 안색이 같은 자들 모두 그렇게 선택하게 하소서. (퇴장.)

시우 포오샤에게 유색인에 대한 혐오가 없었던 게 아니야. '우아한 제거'를 위해, 우아하게 말했을 뿐이야.

은유 포오샤의 말 "우아한 제거로다"가 나는 걸려. 그가 우아하게 행동해서 모로코 왕자로 하여금 금으로 된 상자를 고르도록 간접적으로 영향을 미쳤다는 소리지 않을까?

민기 우아한 여인 앞에서 납으로 된 상자를 고르는 게 멋쩍었을
     수는 있어. 하지만 정말 그런 식으로 포오샤가 영향을 미치
     려 했을까?

😷   술꾼에게도 영향을 미치려 했잖아? 상자를 잘못 골라 평생
     을 홀아비로 살게 될까 봐, 그 술꾼이 포기해서 실제 상황
     이 전개되진 않았지만 말이야.

민기 술꾼에게는 틀린 상자 곁에 술을 놓아두어 술이 있는 상자
     를 고르게 하고, 왕자에게는 우아한 여인으로 나타나 우아
     한 상자를 고르도록 했다~. 확신할 수는 없지만 재미있네.

😐   포오샤가 모로코 왕자를 처음 만났을 때 그에게 한 말을 다
     시 읽어보자. "반려자를 고를 때, 저는 소녀의 눈이 좋아하
     는 방향만을 따를 수는 없습니다. 게다가, 운명의 추첨이
     자발적 선택을 막고 있지요. 아버지께서 제한하시지 않았
     더라면, 즉 말씀드린 방법으로 저를 얻는 자와 결혼하라고
     유언으로 저를 가두시지 않았더라면, 당신은, 이름난 왕자
     여, 제 애정을 위해 왔던 어느 손님보다 넘칩니다."

민기 우아한 말이긴 하다. 하지만 이것만 가지고는 포오샤가 왕
     자의 모험에 영향을 미치려 했다고는 말할 수 없어.

은유 조금 더 지켜보지, 뭐!

8장

베니스 거리

(살라리노와 솔라니오 등장.)

살라리노 정말로 이 사람아, 바사니오가 돛 아래에서 그라치아노와 함께 걷는 걸 보았네. 그런데 그 배에 로렌조는 없었네. 확실해.

솔라니오 그 사악한 유대인이 고래고래 소리를 질러 공작을 깨워서, 그와 함께 바사니오의 배를 수색하러 갔네.

살라리노 그 유대인은 너무 늦게 왔지. 배가 돛을 펴고 이미 출발한 뒤였으니까. 거기에 로렌조와 그의 애인인 제시카가 곤돌라 안에 같이 있었다는 소리를 들었거든. 게다가 안토니오는 공작에게 보증했다지. 그들이 바사니오의 배에 타지 않았다고.

솔라니오 유대인 개자식이 거리에서 떠들어댄 것 같은 이상망측하고, 난폭하고, 변덕스러운 분노를 나는 처음 봤네. "내 딸! 오 내 두카트! 오, 내 딸! 기독교도와 도망치다니! 오, 기독교인에게서 나온 내 두카트! 정의! 법! 내 두카트, 내 딸! 봉해둔 가방, 두카트를 담은 두 개의 가방, 두 배의 두카트를 담았는데 내 딸이 훔쳐 가다니! 그리고 보석, 두 개의 보석, 값비싸고 귀중한 두 보석을 내 딸이 훔쳐가다니! 정의! 그 여자를 찾아내라. 그녀는 그 보석과 두카트를 갖고 갔다."

살라리노 하하, 베니스의 모든 꼬맹이들이 "그의 보석, 그의 딸, 그의 두카트" 하며 그를 쫓아다니며 소리쳤지.

솔라니오 선한 안토니오가 돈 상환 기일을 꼭 지켜야 할 텐데. 그렇지 않으면 대가를 치르게 될 거네.

살라리노 이런! 잘 기억해냈네. 어제 프랑스인과 얘기를 나누었는데, 그가 말하더군. 귀중한 화물을 잔뜩 실은 우리나라의 배가 프랑스와 영국을 나누는 좁은 해협에서 난파되었다는 거네. 그 얘기를 듣고서 안토니오가 떠올랐네. 그의 배가 아니길 조용히 빌었네만.

솔라니오 자네가 들은 얘기를 안토니오에게 말하는 게 좋겠네. 하지만 갑자기 하진 말게. 그가 충격을 받을 수도 있으니까.

살라리노 이 땅 위에 안토니오보다 친절한 신사는 없을 거네. 나는 바사니오와 안토니오가 헤어지는 걸 봤네. 바사니오가 빨리 돌아오겠다고 하자 그는 대답하더군. "그러지 말게. 나 때문에 일을 경솔히 하지 말게, 바사니오. 시간이 무르익을 때까지 기다리게. 그리고 내가 유대인에게 써준 계약서가, 사랑으로 가득 찬 그대의 마음에 혼란을 주어선 안 되네. 유쾌하게 놀게. 그리고 온 신경을, 그대에게 어울릴만한 구애와 아름다운 사랑을 표현하는 데에 쓰게." 이 대목에서, 그의 눈은 눈물로 그렁그렁하였네. 그는 얼굴을 뒤로 돌렸지. 그런 상태로 손을 뒤로 내밀어 바사니오의 손을 잡았네. 놀랍도록 감정에 찬 애정으로 말일세. 그렇게 두 사람은 헤어지더군.

은유   헤어지는 장면을 보면, 분명 안토니오가 바사니오를 대하는 감정은 특별한 감정인 게 틀림없어.

나도 그렇게 생각해. 아무리 친한 친구 사이라 하더라도, 헤어지는 대목에서 '얼굴을 뒤로 돌린 채, 손을 뒤로 내밀어서 잡을 정도로, 눈물이 그렁그렁'하지는 않아. 이런 장면이 연출될 수는 결코 없지, 친구 사이 뿐이라면!

살라리노가 특별히 언급하지 않는 걸로 봐서 바사니오는 달랐던 것 같아. 사실 바사니오처럼 헤어지는 것에 특별한 감정을 나타내지 않는 게 친구 사이의 헤어짐이 아닌가?

시우   여인을 호리러(?) 가는 경우라면, 그 친구를 보내며 친구들은 보통 환호성을 지르면서 보내주지.

민기   맞아. 잘해보라며 낄낄대며 보내지. 바사니오가 죽으러 가
        는 것도 아닌데, 친구 사이에 우느라 얼굴도 제대로 못 보
        는 장면은 지나치게 과하지.

은유   죽으러 가는 길이 맞긴 맞지. 바사니오가 아니라 그에 대한
        안토니오의 사랑이 죽는 길이지. 이제 그의 사랑은 정말로
        죽어야 하는 거니까.

민기   그런 느낌이라면, 눈에 눈물이 그렁그렁하지 않을 수 없었
        겠다.

시우   안토니오가 지금껏 잘 참아왔지만, 이 순간에서만큼은 참
        지 못하고 결국 눈물을 흘리고야 말았던 게지.

은유   불쌍한 안토니오!

솔라니오 내 생각에 그는 오로지 바사니오 때문에 세상을 사랑하
는 것 같네. 그를 찾아가세나. 가서, 뭔가 위안의 말이라도 하
세. 그를 휘감고서 땅으로 끌어내리고 있는 절망으로부터 건져
내주세.

살라리노 그러세.

(퇴장.)

은유   안토니오의 감정이 동성애라는 게 확실해졌어.

솔라니오도 그것을 분명히 했어. "내 생각에 그는 오로지 바사니오 때문에 세상을 사랑하는 것 같네"가 그것을 의미해.

민기 쌤, 이 문장의 원문이 뭔지 알려주실 수 있으세요?

도영쌤 'I think he only loves the world for him.'이에요.

은유 "그를 휘감고 땅으로 끌어내리고 있는 절망"은 안토니오의 지금 상태를 아주 잘 표현한 말 같아.

 우리나라 번역본은 보통 '그가 품고 있는 우울', '그의 울적한 기분', '그를 휘감고 있는 우울증'이라고 번역했어요. 아마도 맨 처음에 안토니오가 우울을 호소한 것 때문에 그러지 않았나 싶네요. 하지만 그때 안토니오가 뱉은 말은 "so sad"였고, "내가 맡은 배역은 우울하고 슬픈 것이라네"라며 달관한 듯 말할 때 쓴 말도 "sad"였어요. 그런데 셰익스피어가 솔라니오의 입을 빌려 말한 안토니오의 상태는, "his embraced heaviness"이에요. 물론 이것을 "그를 휘감고 있는 우울증"이라고 옮겨도 괜찮아요. 하지만 "그를 휘감고 땅으로 끌어내리고 있는 절망"으로 옮기는 게 더 낫다고 생각해요. 안토니오가 연극 처음에 "so sad"를 호소할 때는 바사니오의 떠남이 코앞은 아니었기에, '우울'이나 '슬픔' 정도의 감정일 거예요. 하지만 지금 이 순간은 바사니오가 그의 사랑에서 영영 떠나버린다는 게 확인된 장면이잖아요. 그렇다면 안토니오의 마음 상태는 '우울'이나 '슬픔' 정도가 아니라, '땅으로 꺼져 들어가는 절망'스러운 상태였지 싶네요. 셰익스피어도 그것을 분명히 하기 위해 솔라니오의 입을 빌려, 안토니오의 상태를 'his embraced heaviness'라 한 거고요. 그래서 이 부분을 '그를 휘감고서 그를 땅으로 끌어내리고 있는 절망'이라 옮겼어요.

9장

벨몬트, 포오샤 집의 방

(네리사와 하인 한 명 등장.)

네리사 어서, 어서. 부탁하는데 커튼을 바로 걷어요. 아라곤의 군주가 맹세를 하고 지금 그의 선택에게로 오고 있어요.

(코넷 소리. 아라곤의 군주, 포오샤, 그리고 그들의 무리 등장.)

포오샤 보세요, 저기 상자들이 있습니다. 고결한 폐하시여, 당신께서 제가 들어 있는 상자를 선택하신다면 우리의 혼례는 바로 근엄하게 거행될 겁니다. 하지만 실패하면, 더 이상 아무 말 없이, 폐하, 여기서 바로 떠나셔야 합니다.

아라곤 왕 난 세 가지를 지키기로 맹세의 명령을 받았소. 먼저, 내가 어느 상자를 택했는지 누구에게도 밝히지 말 것. 다음, 내가 올바른 상자를 놓친다면, 사는 동안 절대 처녀에게 결혼의 구애를 하지 말 것. 마지막으로, 내 선택으로 행운을 놓친다면 즉시 당신을 떠날 것.

포오샤 무가치한 저를 위해 모험하러 오는 사람들은 모두 그 명령에 맹세하지요.

아라곤 왕 나 역시 그렇게 했소. 이제 행운이 내 심장의 희망에 깃들길! 금, 은, 그리고 둔한 납. "나를 선택하는 자는 자신이 가진 모든 것을 걸고서 모험하고 내주어야 한다." 내가 내주거나 모험하려면 넌 더 예뻐야겠어. 금으로 된 상자는 뭐라 하지? 어디 보자. "나를 선택하는 자는 수많은 사람들이 원하는 것을 얻을 것이다." 수많은 이들이 원하는 것이라! 그 '수많은'이 뜻하는 것은, 쾌락의 눈이 가르치는 것 이상을 배우지 못해, 내부를 음미하지 않고 겉모습으로 선택하는 멍청한 다수를 의미하겠지. 마치 비바람에 노출된 벽 바깥에다 집을 짓는 제비처럼 말이야. 그러니 나는 수많은 사람들이 원하는 것을 선택하지 않겠어. 나는 어중이떠중이들과 함께하고 싶지도 않고, 상스런 군중과 같이 서고 싶지는 않으니까. 그래, 그럼 네게로, 너 은으로 된 보물의 방이여. 네가 무슨 표제를 내걸고 있는지 말해라. "나를 선택하는 자는 그가 자격이 있는 만큼 누릴 것이다." 말도 좋군. 대체 누가 자격의 인장 없이 운명을 속이고 명예를 얻겠는가? 자격이 없는 위엄을 걸쳤다고 누구도 여기지 못하게 하라. 오, 재산과 신분, 공직은 부당하게 얻어서는 안 되는 법. 깨끗한 명예라는 옷은 그렇게 여겨질 만한 자격이 있는 사람에게 주어져야 할 터! 그렇게 된다면, 공직의 옷을 입은 사람들 중 얼마나 많은 사람들이 옷을 벗어야 하겠는가! 명령을 내리는 위치에 있는 사람들 중 얼마나 많은 이들이 명령을 받는 위치로 바뀌어야 하겠는가! 명문 집안 출신들 중에 소작농이 되어야 할 자들이 얼마나 많겠는가! 반대로 껍질과 시대의 폐허라며 버려진 것에서, 얼마나 많은 사람들이 발탁되어 광택을 내며 빛을 내겠는가! 아무튼, 이제 선택을 해야 할 터. "나를 선택하는 자는 자격이 있는 만큼 누릴 것이다." 나는 자격이 있는 사람이지, 암! 열쇠를 이리 주시오. 즉시 내 행운을 열어 보이겠소. (그가 은으로 된 상자를 연다.)

시우   왕의 포스가 느껴지지 않니? 신중하잖아.

    국정을 논하는 자리였다면, '신중히' 자신이 '자격이 있는가'를 따져보는 게 중요하다고 생각해. 하지만 여기는 '사랑이란 무엇인가?'를 묻는 자리야.

민기   '자격'은 국가의 일을 하는 데는 무엇보다 중요한 요소이지. 하지만 사랑에서 자격을 따지는 건 이상한 소리야.

은유   아라곤 왕은 신중히 생각했지만, 왕이라는 자기 직위에 붙잡혀서 거기에서 한 발짝도 못 나가는 사람이라고 생각해.

민기   지금 자기가 무엇을 하고 있는지 모르는 사람이기도 하고.

은유　사랑에서 자격이 있다고 자부하는 건 오만이지.

🧑　그러면 오만한 아라곤 왕이라는 소린데, 그것은 사랑의 상
　　　자 고르기에서 제대로 선택할 수 없다는 소리이기도 하고.

🧑　그건 그렇고, 이번에는 포오샤가 상자 고르기에 일체 관여
　　　하지 않았다는 생각이 들지 않니?

은유　아라곤 왕이라면 결혼해도 괜찮다는 생각을 했나 보지. 흑
　　　인도 유대인도 아니며, 백인이자, 기독교 나라의 왕이니까!

시우　그렇다고 올바른 상자를 고르도록 유도하지도 않았잖아?

은유　그 정도로까지 마음에 들었던 건 아니었나 보지.

시우　마음에 드는 사람이 나타나면 그가 올바른 상자를 고르도
　　　록 포오샤가 적극적으로 개입할 거란 소리니?

민기　그때 가서 보면 알겠지.

포오샤 거기서 찾은 것에 비하면 너무 길게 뜸을 들였군요.

아라곤 왕 이게 뭐지? 눈을 감은 바보의 초상화가 내게 종이를 내
밀고 있잖아! 읽어봐야겠어. 너는 포오샤와 많이도 다르구나! 내
희망과 가치와도 많이 다르구나! "나를 선택하는 자는 그가 자
격이 있는 만큼 누릴 것이다." 내가 바보의 머리밖에 자격이 없
었나? 이게 내 보상인가? 내 자격이 이 정도인가?

포오샤 죄를 범하는 것과 심판하는 것은 별개, 아니 정반대이지요.

아라곤 왕 이게 뭐지? "불이 이 상자를 일곱 번 담금질했다. 일곱 번이나 담금질한 판정이니, 이 상자에 잘못된 것이 들어 있는 게 아니다. 어떤 사람들은 그림자와 입을 맞춘다. 그들은 그림자의 축복밖에 얻지 못한다. 은빛 머리칼을 자랑하는, 살아 있는 바보들이 있다는 것을 나는 안다. 이 경우가 바로 그러하다. 원하는 어떤 아내든 침대로 데려가라. 그때마다, 나, 바보 머리는 언제나 네 머리가 될 것이다. 그러니 가라. 어서 가라." 여기 남아 있는 시간만큼 더 바보처럼 보이겠구나. 바보의 머리 하나를 가지고 와서 구애하러 왔다가, 두 개를 가지고 떠나는구나. 아가씨, 안녕히 계시오. 난 맹세를 지키겠습니다. 내 격노를 참아내겠습니다.

(아라곤 왕과 그의 무리 퇴장.)

포오샤 나방이 촛불에 날아들어 몸을 태웠군. 오, 신중한 바보들! 선택할 때 그들은 자신의 꾀에 자신이 넘어가지.

네리사 옛말은 이단의 것이 아니지요. "사형과 결혼은 운명"이라고 하잖아요.

포오샤 어서 커튼을 쳐라, 네리사.

(하인 한 명 등장.)

하인 아가씨! 어디 계시죠?

포오샤 여기. 무슨 일인데?

^{하인} 아가씨, 정문에 불이 켜져 있습니다. 한 젊은 베니스인이 먼저 와서 자신의 주인이 온다고 알려왔습니다. 그는 그의 주인으로부터 정중한 인사를 전했습니다. 더 정확히는, 칭찬과 정중한 말만이 아니라 값진 선물도 가져왔어요. 전 이런 사랑의 전령을 아직까지 보지 못했습니다. 풍성한 여름이 가까이 왔다고 알려주는 4월도, 결코 이 전령이 그의 주인보다 먼저 와서 알려주는 것만큼은 달콤하게 알리지 못할 겁니다.

^{포오샤} 그만, 부탁이다. 네가 곧, 그 사람이 네 친척이라고 할까 봐 겁이 난다. 주님의 날에나 받을 수 있는 칭찬을 그 사람에게 늘어놓다니! 가자, 가자, 네리사. 그처럼 예의 바르게 온 '발 빠른 큐피드'의 전령을 나는 보고 싶구나.

^{네리사} 바사니오이기를, 사랑의 신이시여, 당신께서 원하신다면!

(퇴장.)

3막

1장

베니스 거리

(솔라니오와 살라리노 등장.)

솔라니오 그래, 거래소에서 무슨 소식이라도 있는가?

살라리노 글쎄, 확인되진 않았지만 값진 화물을 잔뜩 실은 안토니오의 배 한 척이 좁은 해협에서 좌초된 것 같네. 굿윈즈에서 그랬다는구먼. 사람들 말로는 수심이 매우 얕아서 아주 위험하고 치명적인 곳이라고들 하데. 큰 배의 시체를 여럿 묻은 곳이라더군. 수다쟁이 소문이 정직한 여자라면 말일세.

솔라니오 그 수다쟁이가 이번만큼은 헛소문을 낸 거라면 좋겠네. 할망구가 생강을 우지끈 베어 먹었다거나, 그녀의 세 번째 남편의 죽음을 두고 이웃들이 울었다고 말한 것처럼 헛소문이길 바라네. 하지만 그 소문은 사실이네. 장황하게 늘어놓지 않고, 단도직입적으로 말한다면, 착한 안토니오가, 정직한 안토니오가……, 오, 그 이름에 걸맞는 칭호가 있었으면!

살라리노 이보게, 빨리 말을 끝내게.

솔라니오 하! 재촉하는 건가? 결론은, 그의 배가 침몰되었다는 거네.

살라리노 이것이 그가 잃는 마지막이었으면 좋겠군.

솔라니오 서둘러 "아멘"이라 해야겠군. 그렇지 않으면 악마가 내 기도를 방해할 테니까. 악마가 유대인의 모습을 하고 오고 있네.
(샤일록 등장.)

솔라니오 잘 지내시오? 샤일록! 상인들 사이에 무슨 소식이라도 있소?

샤일록 당신이 내 딸의 도피에 대해 누구보다도, 그 누구보다도 잘 알고 있으면서 그러오.

살라리노 그건 확실하지. 게다가 나는 그녀가 달고서 날아간 날개를 만든 재단사를 아네.

솔라니오 그런데 샤일록 당신은 새에 깃이 난 걸 알고 있었을 테지.

샤일록 저주받을 년.

살라리노 악마가 그녀의 판사라면 그건 확실하지.

샤일록 내 자신의 피와 살이 반란하다니!

솔라니오 그게? 늙어서 다 죽어빠진 주제에 반란을? 그 나이에도?*

---

* 샤일록의 말을 성적으로 바꾸어 농짓거리하고 있다.

샤일록 그게 아니라, 내 딸이 내 피와 살이란 뜻으로 한 말이오.

살라리노 당신의 육신과 그녀의 육신의 차이는 석탄과 상아의 차이보다 더 크고, 당신의 피와 그녀의 피가 다른 정도는 적포도주와 백포도주보다도 더 다르네. 그런데 말이네, 안토니오가 바다에서 손실을 본 게 맞나?

샤일록 내가 또 한 번 거래를 잘못했다오. 파산자, 탕자, 이제 감히 거래소에 머리를 내밀지도 못할 작자! 시장에서 어찌나 우쭐대던, 이제는 빈털터리! 그에게 차용증서나 잘 쳐다보라고 하쇼. 돈을 기독교적 예의로 빌려주곤 했던 그 자에게, 차용증서나 잘 쳐다보라고 하쇼.

은유 안토니오의 배 한 척이 아니라, 그의 상선 전부가 좌초됐다는 거네.

민기 맞아. 샤일록이 가진 정보에 따른다면!

시우 그럼 정말 안토니오는 알거지가 된 거야?

거지이기만 해도 다행이지. 당시에 외국에서 살 물품 대금과 상선 구입 비용은 보통 자기 재산만으로 이루어진 게 아니야. 이익을 나누어주겠다든가 하는 방식으로 남에게서 빌린 돈도 들어가 있거든. 안토니오는 이제 평생 갚아도 갚지 못할 빚쟁이가 된 거야.

은유 정말 심각한 빚은 샤일록에게 진 거지. 안토니오 자신의 살
한 덩이는 이제 안토니오 자신의 것이 아니야. 그것도 샤일
록이 원하는 곳에 붙어 있는 살덩이가 말이야.

시우 샤일록이 정말 안토니오의 살을 원할까?

🙂 사실 소고기도 아닌, 사람의 살 한 덩이를 어디에다 쓰겠
어. 그것을 담보로 잡아서 결국은 몇 배로 갚게 하려고 그
런 계약서를 만든 게 아닐까?

민기 샤일록이 돈만 밝히는 사람이라면 당연히 그러겠지.

시우 끝내 계약서대로 살덩이를 요구한다면, 샤일록은 결코 돈
에 찌든 고리대금업자라고만 할 수는 없어.

은유 그렇다면 셰익스피어가 샤일록을 통해서 말하려고 한 것
은 뭔가 다른 것이겠지?

살라리노 아니, 왜? 나는 그가 기한을 넘기더라도 당신이 그의 살
을 떼어내지 않을 것이라고 확신하오. 그 살덩이를 도대체 무엇
에 쓰겠소?

샤일록 낚시 미끼로라도 쓰겠소. 그것으로 다른 사람의 배를 채울
수 없다면 내 복수의 배라도 채울 것이오. 그는 나를 모욕하고
내게 50만 이상 손실을 입혔소. 그는 내 손실에 웃었고, 내 민족
을 경멸했으며, 내 협상을 좌절시켰소. 내 친구들은 얼어붙게 했

고, 내 적들은 적개심으로 활활 타오르게 했소. 그 이유가 무엇이었겠소? 내가 유대인이어서였소. 유대인은 눈이 없소? 유대인은 손이 없소? 내장이 없소, 몸이 없소? 감각도, 애정도, 열정도 없단 말이오? 기독교인과 같은 음식을 먹고, 같은 무기에 부상당하고, 같은 병에 걸리며, 같은 도구로 치유되고, 같은 겨울에 시원해지고, 같은 여름에 따뜻해지지 않소? 당신들이 우리를 창으로 찌르면 우리는 피가 안 나오? 당신들이 우리를 간질이는데도 우리는 웃지 않는단 말이오? 당신들이 우리에게 독을 먹이더라도 우리는 죽지 않는단 말이오? 그리고 당신들이 우리에게 해코지를 해도 우리는 복수하지 않는단 말이오? 우리가 다른 것에서도 당신들과 같다면, 우리는 복수에 있어서도 당신들을 닮을 것이오. 유대인이 기독교인에게 해코지하면, 기독교인의 겸손은 무엇이겠소? 복수지. 기독교인이 유대인에게 해코지하면, 기독교적 예시에 의해 유대인의 관용은 무엇이겠소? 그래요, 복수요. 당신들이 나에게 악을 가르쳤으니 나는 악을 실천할 것이오. 그것이 비록 힘든 일이라 하더라도 당신들의 가르침을 더 잘 이행해 보이겠소.

민기   앞에서 샤일록이 야곱을 그냥 들먹인 게 아니었어. 복수의 코드가 작동될 거라는 걸 미리 알려줬던 거야.

이 복수는 샤일록 한 개인의 복수가 아니라, 유대인에 의한 복수를 하고 있다는 생각도 든다.

도영샘 유대 민족 차원에서 하는 복수란 걸 알리고 싶어서 샤일록이 일부러 야곱의 일화를 말했을 거예요. 야곱은 유대인의 3대 조상이자 핵심적인 조상이에요. 유대인은 자기 족속을 12지파로 나누는데, 야곱의 아들들 12명이 유대인 12지파의 첫 뿌리거든요. 게다가 야곱의 또 다른 이름이 '이스라엘', 즉 나라의 명칭이 되었거든요.

샤일록이 당한 것을 얘기하면서 자기 개인을 말하지 않고, 계속해서 '우리'를 말하고 있어.

은유 샤일록 자신이 그렇게 모질게 당한 것이, 자신이 유대인이기 때문이라고 생각하니까.

시우 샤일록이 이렇게 말한 걸로 봐서 확실하지. "내 친구들은 얼어붙게 했고, 내 적들은 적개심으로 활활 타오르게 했소. 그 이유가 무엇이었겠소? 내가 유대인이어서였소."

민기 "당신들이 나에게 악을 가르쳤으니, 나는 악을 실천할 것이오."란 말에 샤일록이 하고 싶은 소리가 다 들어 있다고 생각해.

시우 아무리 죽여서 복수를 하고 싶기로서니 정말로 안토니오를 죽이진 않겠지?

민기 그것은 안토니오에게 달려 있지 않을까? 그가 진심으로 반성하고 사과한다면 샤일록도 사과를 받아들여주겠지.

은유 누구에게 사과한다는 것은 그 사람을 인격적인 존재로 존중한다는 것이니까, 샤일록도 기독교인으로부터 '인간'으로 존중을 받았다고 생각하겠지.

[그림] 그런데 안토니오가 사과를 할까?

[그림] 글쎄~ 샤일록이 "제 턱수염에 침을 뱉고, 낯선 똥개를 문지방 너머로 차듯이 절 걷어찼던 나리께서 제게 돈을 간청하시는군요. 제가 뭐라 해야 할까요? '개에게 돈이 있습니까? 똥개가 삼천 두카트를 빌려주는 것이 가능한가요?' 이렇게 말해야 하지 않을까요?"라고 하자, 안토니오가 "난 앞으로도 자네를 개라 부르고, 발로 차고, 자네에게 침을 뱉겠네"라고 했었잖아. 이렇게 말한 걸로 봐서 사과는 하지 않을 것 같아.

시우 그때는 단순히 돈을 빌리는 문제였지만, 이번에는 자기 목숨이 달렸는데 설마…….

(하인 한 명 등장.)

하인 신사분들, 제 주인 안토니오께서 댁에 계신데, 두 분과 대화를 나누고 싶어 하십니다.

살라리노 우리도 그를 보려고 여기저기 찾고 있었다네.

(튜발 등장.)

솔라니오 저기 유대인 한 명이 더 오는군. 악마가 유대인으로 둔갑한다면 모를까, 저놈들을 당할 자가 없겠어.

(솔라니오, 살라리노, 하인 퇴장.)

샤일록 어떻게 지내나, 튜발! 제노바에서 무슨 소식이라도 있는가? 내 딸을 찾았는가?

튜발 그녀 소문이 있는 곳들을 몇 군데 가보았지만 그녀를 찾을 순 없었네.

샤일록 아니, 이곳저곳 여기저기! 프랑크푸르트에서 이천 두카트나 주고 산 다이아몬드가 사라졌네! 이제까지 이런 저주는 우리에게 떨어진 적이 없네. 지금까지 느껴본 적이 없는 저주란 말일세. 그것 하나만으로도 이천 두카트인데, 다른 귀중하고 귀중한 보석들도 훔쳐갔다고. 난 내 딸년이 죽어 이 발밑에 있어도, 보석들이 그년의 귀에 처박혀 있었으면 좋겠네! 난 그년이 돈을 지닌 채 관 속에 들어 있었으면 좋겠어. 그들로부터 소식이 없다고? 흥, 수색에 돈이 얼마나 들어갔는데! 아니, 자네는 손실에 손실을 쌓고 있네! 도둑이 엄청난 돈을 훔쳐가고, 도둑을 찾으려또 엄청 돈이 들어가고, 그러고도 찾지를 못해 복수도 못하다니! 세상의 온갖 불운은 다 내 어깨에 떨어졌고, 한숨은 모조리 내 입에서 나오고, 세상에 흘러내리는 눈물은 죄다 내 눈물이라네.

튜발 아닐세, 다른 사람도 불운을 겪고 있네. 안토니오가, 내가 제노바에서 들은 바에 의하면…….

샤일록 뭐, 뭐라? 불행, 불행?

튜발 트리폴리에서 오던 큰 상선이 조난당했다고 하네.

샤일록 신이시여 감사합니다. 신이시여 감사합니다. 정말인가, 정말인가?

튜발 내가 난파선을 탈출한 선원 몇몇과 직접 대화했네.

샤일록 고맙네, 선한 튜발. 좋은 소식, 좋은 소식이야! 하하! 어디? 제노바에서?

튜발 자네 딸이 제노바에서, 듣자 하니, 하룻밤에 팔십 두카트를 썼다 하네.

샤일록 자네가 내게 비수를 꽂는구먼. 그 금화는 이제 영영 볼 수 없게 되었어. 한자리에서 팔십 두카트라니! 팔십 두카트나!

튜발 안토니오의 채권자들 여럿이 나와 함께 베니스로 왔네. 그들은 그가 파산할 수밖에 없다고 하데.

샤일록 정말 기쁘군. 난 그를 괴롭힐 것이네. 난 그를 고문할 것이야. 기쁘군.

튜발 그들 중 한 명은, 자네 딸에게 원숭이를 팔고 받은 반지를 내게 보여주었네.

샤일록 저주받을! 자네는 나를 고문하는군, 튜발. 그건 내 터키석 반지일세. 총각 때 레아에게 받은 반지이거늘! 들판에 가득한 원숭이를 통째로 넘겨주더라도 내주지 않을 반지라네.

튜발 하지만 안토니오는 확실히 끝장이 났네.

시우 제시카가 이천 두카트짜리 다이아몬드에다, 또 다른 보석들도 훔쳐 달아난 거야?

민기 이 정도면 샤일록이 안토니오에게 빌려준 돈 삼천 두카트에 버금가는 돈을 훔쳐 달아난 셈이야! 집안을 거덜 낼 작정이 아니고서야, 원!

은유 철이 없는 거지.

팔십 두카트는 한 돈짜리 금반지 팔십 개에 해당한다고 했지? 철이 없으니까 그 큰돈을 하룻저녁에 다 써버렸겠지. 제시카와 그 일당, 옹호할래야 옹호할 수가 없다. 이들 미친 거 아니야?

뿐인가. 샤일록이 "총각 때 레아에게 받은 반지"조차 아무렇지도 않게 훔쳐갔어. 샤일록에겐 아내의 반지이지만, 제시카에겐 엄마의 반지인데도!

은유 그 소중한 반지를 원숭이와 바꿨다는 게 무척 상징적이란 생각이 든다.

시우   샤일록의 사랑이 그 정도라는 건가?

은유   그러니까 제시카 자신을 낳아준 부모님이 맺은 사랑은 원숭이만도 못하다는 소리인 셈이지.

샤일록 그래, 그건 사실이지. 그건 아주 확실해. 튜발, 가서 공직자 한 사람을 매수하게. 이 주일 전에는 끝내 놓아야 하네. 안토니오가 기한을 넘기면 난 그의 심장을 가질 것이네. 그가 베니스에서 사라진다면, 내가 원하는 어떤 거래든 할 수 있을 테니까. 어서, 어서 가게, 튜발. 우리 예배당에서 만나세. 가게, 선한 튜발. 예배당에서 보세, 튜발.

(퇴장.)

2장

벨몬트, 포오샤 집의 방 안

(바사니오, 포오샤, 그라치아노, 네리사, 그리고 수행원들 등장.)

포오샤 부탁입니다. 기다리세요. 하루 이틀 쉬고 나서 모험을 하세요. 잘못 고르신다면 저는 당신의 존재를 잃으니까요. 그러니 잠시 참으세요. 사랑은 아니지만, 저더러 당신을 잃지 말라고 무언가가 제게 말해요. 당신도 알 거예요. 미움은 이런 좋은 충고를 하지 않죠. 처녀는 혀가 없고 생각만을 가졌지만, 그럼에도 당신이 절 제대로 이해하지 못할까 봐 이렇게 충고하는 거예요. 당신이 저를 모험으로 갖기 전에, 저는 당신을 한두 달 붙들고 싶어요. 전 당신이 올바르게 선택하도록 알려줄 수 있어요. 그러면 저는 맹세를 어기는 거예요. 전 그러지 않을 거예요. 그러니 당신은 절 잃을 수도 있어요. 당신께서 저를 잃으신다면, 저는 '차라리 맹세를 깨뜨릴 걸' 하는 후회를 하게 될 거예요. 당신 눈이 원망스러워요. 그 눈에 매혹되어 제 마음은 두 쪽이 나고 말았어요. 제 절반은 당신 거고, 다른 절반도 당신 거예요. 내 것이라 말하겠지만, 내 것이라면 당신 것이죠. 그러니 다 당신 거예요. 오, 망측한 시절이 주인과 그의 권리 사이에 장애물을 놓는군요! 그래서 당신 것이지만, 당신 게 아니에요. 그렇게 되면, 운명더러 지옥에 가라지요, 제가 아니라! 너무 오래 말했군요. 시간을 끌기 위해서예요. 당신이 선택에서 멀어지도록 시간을 잡아 늘이고 또 늘이기 위해서였어요.

포오샤의 태도가 이전과는 완전히 달라졌어. "부탁입니다. 기다리세요. 하루 이틀 쉬고 나서 모험을 하세요."라고 말했어.

시우   바사니오에게 한눈에 뿅 간 거지.

민기   "당신이 저를 모험으로 갖기 전에, 저는 당신을 한두 달 붙들고 싶어요. 전 당신이 올바르게 선택하도록 알려줄 수 있어요."라고도 했어.

은유   포오샤가 연거푸 '모험'이란 말을 입에 올렸어. 여기에 뭔가 있다는 생각이 드는데 그것이 뭔지는 모르겠어.

뭔가 냄새는 풍기는데 확실하지가 않아~.

바사니오   선택하게 해주세요. 저는 고문대 위에서 살고 있으니까요.

포오샤 고문대 위라고요? 바사니오! 그렇다면 자백하세요. 당신의 사랑에 무슨 배신이 섞여 있는지!

바사니오 아무것도 없어요. 단지 추한 불신의 배신뿐입니다. 당신의 사랑을 놓치지 않을까 하는 두려움에서 오는 불신 말입니다. 흰 눈과 붉은 불이 우정과 사랑으로 맺어질 수 있다면, 제 사랑에도 배신이 있겠죠.

포오샤 아, 하지만 그대가 고문대 위에서 말하는 건 아닌지 두려워요. 거기서 사람은 무엇이든 말하게 되지요.

은유   포오샤가 뭔가 낌새를 챘나?

민기   하루 이틀만이라도 '모험'을 늦추고, 포오샤 자신과 함께 즐긴 뒤에 모험을 하라는데도 말을 안 들으니까 그렇지.

시우   더군다나 바사니오가 "저는 고문대 위에서 살고 있으니까요"라고 했잖아? 포오샤가 의심하지 않을 수 없겠지.

은유   바사니오, 원숭이가 나무에서 떨어진 격이네.

(이미지)   바사니오 입장에서 서둘러야 할 이유가 있나? 시간을 끌면 포오샤가 힌트를 줄 수도 있을 텐데…….

민기   그러게~ 안토니오의 배가 좌초했다는 소문을 들은 것도 아니고.

(이미지)   빚을 청산하는 게 긴급하고도 당면한 목표였잖아?

시우   부지불식간에 "고문대 위에서 살고 있다"고 말할 정도로
        빚에 몰리고 있었으니까.
민기   저간의 자기 사정을 고백할 절호의 기회인데, 바사니오가
        고백할까?
은유   그럴 사람이라면 여기까지 오지도 않았겠지.

바사니오 제 생명을 약속하면 진실을 고백할게요.
포오샤 그래요 그럼, 고백하고 사세요.
바사니오 '고백하건대 사랑한다.' 이게 제 고백의 모든 것이에요.
오, 나를 고문하는 것이 나를 구제할 답을 가르쳐주다니, 이 얼
마나 행복한 고문인가! 하지만 저를 제 운명과 상자들에게로 데
려가주세요.

민기   바사니오가 교묘하게 말장난하며 사태를 수습했어.
은유   교언영색에 닳고 닳은 자이니까.
시우   포오샤는 자신이 바사니오를 고문하는 자라고 오해하고,
        빨리 고문을 끝내줘야겠다고 생각하겠지.
은유   상자를 잘못 고르면 그것으로 모든 게 끝장나는데?
민기   포오샤가 바사니오에게 골라야 할 상자를 알려줄 수도
        있지.

은유	맹세를 어기는 것인데?
시우	교묘한 방법을 쓸 수도 있잖아.
🙂	교묘한 방법이라! 포오샤는 이미 교묘한 방법으로 바사니오에게 '모험해야 할 상자'를 알려줬어.
🙂	어떻게?
민기	세 상자에 글이 쓰여 있었잖아. 그것이 힌트야.
은유	잘 모르겠어. 좀 더 지켜보면 알 수 있겠지.

포오샤 가시죠, 그럼! 전 그것들 중 하나에 잠겨 있어요. 당신이 절 사랑한다면, 절 찾아내겠죠. 네리사와 다른 사람 모두 거리를 두어라. 그가 선택을 하는 동안 음악을 울려라. 그가 실패하면, 그는 백조의 마지막처럼 음악 속에 희미해지겠지. 비교가 더 적절하도록 내 눈은 그를 위한 시냇물이자 물로 만들어진 임종 침대가 될 것이다. 그가 성공하면, 그때 음악은 무엇이지? 그때 음악은 진정한 신하들이 새로 즉위한 군주에게 절하듯이 화려할 테야. 그건 꿈꾸는 신랑의 귀에 기어들어가 결혼식으로 불러내는 아침의 감미로운 소리 같겠지. 바다괴물에게 바친 처녀 제물을 젊은 헤라클레스가 울부짖는 트로이에서 구했을 때보다 더 큰 존재감과, 훨씬 더 큰 사랑으로 지금 그가 가고 있어. 나는 희생물에 대응하고, 저기 나머지는 흐릿한 얼굴로 위업을 보기 위해

나온 트로이의 여자들이에요. 가세요, 헤라클레스! 당신이 살면 저도 살아요. 당신이 싸우는 것보다 훨씬 더 큰 놀람으로 전 싸움을 보고 있어요.

(바사니오가 혼잣말로 상자들을 언급하는 동안 음악 연주.)

노래　　욕망은 어디서 태어나는지 말해 답.

　　　　심장인가 아니면 머리인갑?

　　　　어떻게 태어나, 어떻게 길러지나?

모두　　응답하라, 응답하라.

노래　　욕망은 눈에서 태어나지,

　　　　그것은 응시에서 자라지만, 죽어버리지,

　　　　누워 있는 요람 그 곳에서 죽지.

　　　　울리세, 욕망의 죽음을 알리는 벨,

　　　　내가 먼저 시작하지, 딩, 동, 벨,

모두　　딩, 동, 벨.

민기　　노래에도 이미 답이 들어 있구먼~.

은유　　바사니오가 바보라도 눈치를 챘겠다.

민기　　영어 시에선 '라임'*이 아주 중요하니까, 그것이 안 들렸을

---

*　　라임 또는 각운이라 한다. 시의 구절 끝을 거의 비슷한 소리가 나게 지어. 반복이 주는 울림을 겨냥하는 수사법이다.

리 없지.

시우   나는 이해가 잘 안 돼.

은유   노래의 첫 줄, 둘째 줄이 '답-갑'으로 끝나고, 다섯째 줄부터 일곱째 줄까진 모두 '지'로 끝나고, 여덟 번째 줄부턴 모두 '벨'로 끝나는 것을 잘 생각해봐.

민기   '금'상자, '은'상자, '납'상자 중에서 고르는 문제라는 게 힌트야.

시우   아하! 금과 은을 가리키는 라임은 없지만, '답-갑'은 '납'과 라임을 맞추니까, 정답은 '납'상자라는 거구나.

은유   게다가 포오샤는 노래에 주목해야 한다는 것을 강조했어.

뿌이 아니야. "그가 실패하면, 그는 백조의 마지막처럼 음악 속에 희미해지겠지. 그가 성공하면, 그때 음악은 무엇이지? 그때 음악은 진정한 신하들이 새로 즉위한 군주에게 절하듯이 화려할 테야"라고 말해서, 화려한 노래 부분에 주목하게 했지. '답-갑' 라임이 있는 가사는 활기차지만, 다른 부분의 가사는 '죽음'을 예고했고.

시우   쌤! 원문에서 라임을 이룬 단어들을 알려주세요.

첫 부분은 bred-head이고요, 두 번째는 eyes-dies-lies, 마지막은 knell-bell-bell이에요.

민기   '금'은 gold이고, '은'은 silver이니까 위의 노래에 맞는 라임이 없어.

은유   '납'은 lead이니까 분명해.

시우   와! bred-head-lead 완벽한 라임이네.

민기   게다가 포오샤는 바사니오에게 상자 고르기를 알려주면서 이 일은 '모험'이란 것을 몇 번이나 강조했어. 그런데 납상 자엔 "나를 선택하는 자는 자신이 가진 모든 것을 걸고서 모험하고 내주어야 한다"는 글이 쓰여 있었지.

은유   맞아. 모로코 왕자가 상자를 선택하면서 각각의 상자에 쓰 여 있는 글을 읽어주었는데 그렇게 되어 있었어.

시우   직접 말로 안 했다 뿐이지, 납상자를 고르도록 여러 방법으 로 유도한 거구만.

은유   포오샤, 이래도 맹세를 어기지 않았다고 할 수 있을까?

민기   하도 교묘해서 어겼다고 분명하게는 말할 수 없겠지.

    변호사들이 교묘하게 무죄 만드는 것과 똑 닮았다.

시우   포오샤는 법을 피해가는 방법에 대해 왜 이렇게 잘 알지?

민기   네가 만약 포오샤와 같은 상황에 처했다면 아버지가 돌아 가신 뒤부터 어떻게 시간을 보냈겠니?

시우   이 유언을 어기지 않으면서도 어떻게 하면 내가 원하는 방 향으로 결과를 가져오게 할 수 있을까? 이 생각에 골머리 를 싸맸겠지.

민기   평생의 운명이 걸린 문제인데 얼마나 많이 연구했겠니.

은유   아하, 나중에 샤일록 재판에도 이 기술을 써먹었구나!

시우   정말로?

바사니오 그러니까, 겉모습은 자기 자신과 가장 다를 수 있지. 세상
은 장식으로 사람들을 얼마나 속이는가? 법정에서도 소송이 아
무리 더럽고 타락했더라도 우아한 말로 양념을 치면 악이 가려
지지 않던가? 종교에서도 마찬가지지. 아무리 저주받을 악행이
라도 사제가 엄숙한 얼굴로 축복하고 성경구절을 들어 승인하
면, 그 흉악함이 예쁜 장식으로 감추어지지 않는가? 겉에 미덕
의 표식을 다는 것만큼 간단한 일도 없지. 모래로 된 심장을 가
진 겁쟁이이면서, 헤라클레스의 수염과 마르스*의 주름을 턱에
붙이고 다니는 자들이 얼마나 많은가. 우유처럼 희멀겋게 흐느
적거리는 간땡이를 가진 주제에, 용기가 넘치는 것처럼 수염을
붙이고서 경외받으려 하는 자들이 아닌가! 미인을 보아라. 그것
이 화장품의 무게로 구입된 것임을 알 것이다. 그건 자연의 기적
을 일으켜 가장 두껍게 바른 자를 가장 산뜻한 여인으로 만들지.
미인의 머리에서 구불대며 바람과 음탕하게 놀고 있는, 뱀 같은
저 황금 머리카락도, 알고 보면 해골이 된 머리, 지금은 죽어 무

*   그리스 신화에 나오는 전쟁의 신이다.

덤에 누워 있는 그것이 만들었지. 그러니 장식은 가장 위험한 바다로 꼬드기는 속임수 해변이고, 검은 인도 미인을 가리는 예쁜 스카프일 뿐! 한마디로, 교활한 시대가 차려 입고서 가장 지혜로운 자조차 함정에 빠뜨리는 게 외관의 진실인 거지. 그러니 너 천박한 금, 미다스의 딱딱한 음식*이여, 난 너를 원하지 않는다. 또한 너, 사람 사이에서 창백하고 흔하며 단조로운 일을 하는 은이여! 너 역시 나는 원하지 않는다. 하지만 너, 너 빈약한 납이여! 무엇을 약속하기보다는 오히려 위협하는 너의 창백함은 어떤 웅변보다도 날 이끄는구나. 그러니 나는 여기서 선택하겠어. 기쁜 결과이기를!

시우 　일생이 걸린 문제인데, 고민 같은 건 아예 없어.

은유 　어떤 상자를 선택해야 할지 이미 알고 있으니까.

민기 　그 정도로 힌트를 줬는데 고민할 필요가 뭐겠어.

🙂 　얍삽한 바사니오라는 생각이 든다. '모험' 대신에 "무엇을 약속하기보다는 오히려 위협하는 너의 창백함은 어떤 웅변보다도 날 이끄는구나"라고 하면서 고르는 걸 봐!

민기 　그래도 포오샤에게 맹세를 어겼다는 죄책감을 주지 않는

* 미다스는 그리스 신화에 나오는 왕으로, 마이다스라고도 한다. 만지는 모든 것을 황금으로 바꾸는 능력을 디오니소스에게 얻었는데, 자기 딸조차도 만지자 금덩이로 바뀌어버린 비극적인 인물이다. "미다스의 딱딱한 음식"이란 황금을 말한다.

연극을 해야 할 책임이 바사니오에게 있으니까.

시우   포오샤가 이렇게 알려준 게 잘못일까?

은유   나는 아버지의 유언이 문제라고 생각해. 그러니 이렇게 힌 트를 주어도 문제가 없다고 생각해.

🙂   그렇지. 자기 배필은 자기가 골라야지.

은유   문제는 '사랑으로 사기를 치는 자'를 포오샤가 골랐다는 거지.

포오샤 (방백) 의심하는 생각, 일찍 품은 절망, 떠는 두려움, 녹색 눈을 한 질투 같은 감정은 한달음에 날아갔도다! 오, 사랑이여! 누그러뜨려라, 황홀감을 가라앉혀라. 기쁨의 단비여, 절도 있게 내려라. 이 과잉을 줄여라. 너의 축복이 너무 많이 느껴지는구 나. 그걸 줄여라. 과할까 두렵구나.

바사니오 무엇이 들어 있지? (납상자를 연다.) 아름다운 포오샤로군! 이토록 빼박아 놓은 듯 그린 사람은 신인가, 인간인가? 눈이 움 직이는 건가? 아니면, 내 눈동자에 올라타 움직이는 것처럼 보 이는 건가? 여기 벌어진 입술은 감미로운 설탕으로 벌어졌구나. 이렇게 달콤한 장애물이니 달콤한 두 친구를 벌려 놓을 밖에. 여 기 그녀의 머리카락은 화가가 거미가 되어 금빛의 그물을 짜 놓 은 듯, 거미줄에 걸리는 각다귀보다도 더 빨리 남자의 심장을 사로잡는구나. 그러나 그녀의 두 눈은……. 어떻게 그릴 수 있었지? 하나를 그렸을 때, 그 눈이 화가의 두 눈을 빨아들여 나머지 하나는 그리지 못했을 텐데. 하지만, 보라! 내 칭찬은 이 초상화의 가치를 얼마나 깎아내리고 모욕하는지. 그럼에도 이 초상화는 실물에서 한참 뒤쳐져 절뚝거리고 있는 정도이도다. 여기 두루마리가 있군. 내 운명의 절제이자, 요약이겠지.

(읽는다.) "외양으로 선택하지 않은 자여, 운은 공정하고 선택은 진실하구나! 이 행운이 네게 떨어졌으니 만족하고 새것을 찾지 말라. 네가 이것으로 만족하고 네 운명을 축복이라 여긴다면, 네 숙녀가 있는 쪽으로 돌아 사랑의 입맞춤으로 그녀를 요구하라!" 친절한 두루마리군요. 아름다운 아가씨! 실례지만, 저는 이 글대로 주고 또 받으려 합니다. 시합에 나선 두 사람 중 한 사람처럼 이겼다고 여기면서도, 사람들의 박수와 사방의 함성 소리에 정신이 혼미해져, 칭찬의 함성이 그의 것인지 아닌지 여전히 긴가민가하며 둘러봅니다. 세 곱절이나 아름다운 아가씨여, 저는 그렇게 서 있네요. 당신께 확인 받고, 서명 받고, 비준 받기 전에는 제가 보는 게 사실인지 아닌지 알 길이 없습니다.

포오샤 절 보고 계시잖아요, 바사니오님. 제가 어디 서 있는지, 제가 어떤지! 저 스스로를 위해서라면 스스로 나아지고 싶다는 제 소원에 야심이 없었겠지만, 당신을 위해서 전 제 자신이 스물의 세 배는 나아지고 싶어요. 천 배는 더 예쁘고, 만 배는 더 부유하고 싶어요. 오로지 당신에게 높게 여겨지기 위해서죠. 전 덕목, 미모, 재산, 친구에서 뛰어나다 여겨지고 싶어요. 하지만 저라는 여자는 합해봐야 별 게 아니에요. 저는, 거칠게 말하면 배우지 못한, 교육받지 못한, 경험이 없는 소녀예요. 행복하게도, 그녀는 아직 나이가 들지 않아 배울 수 있지요. 더 행복하게도, 그녀는 둔하게 태어나지 않아 잘 배울 수 있어요. 가장 행복한 것은, 그녀의 부드러운 영혼이 그녀의 주인, 그녀의 총독, 그녀의 왕으로부터 지시를 받듯이 당신 영혼의 지시를 받기로 선택되었다는 것이에요. 저와 저의 재산은 이제 당신과 당신의 것으로 전환되었어요. 방금까지 전 이 아름다운 저택의 주인이었고, 하인들의 주인이었고, 스스로의 여왕이었죠. 하지만 지금, 이제는, 이 집, 하인들, 그리고 저 자신은 당신 것이에요, 주인님! 그것들을 이 반지와 함께 드리겠어요. 당신이 이 반지로부터 멀어지거나, 이것을 잃어버리거나, 줘버리면 당신의 사랑이 깨진 것이라 보고 당신을 꾸짖을 거예요.

바사니오 아가씨, 제 말을 모두 앗아가시는군요. 혈관 속에서 저의 피는 당신께 말하고 있어요. 마치 사랑받는 군주가 열변을 토한 뒤에, 왁자지껄 기뻐하는 군중 사이에서 느끼는 것처럼 제정신이 아닙니다. 그곳에선 모든 게 섞여서 무엇이기도 하고 무엇이 아니기도 하며, 기쁨으로 표현되기도 하고 표현되지 않기도 하죠. 하지만 이 반지가 제 손가락에서 떠난다면 제 생명도 떠날 겁니다. 그러면, 오, 바사니오가 죽었다고 대담하게 말하세요!

네리사 주인님과 여주인님, 이제 우리의 소원이 성취되는 걸 옆에서 지켜본 우리가 기쁨에 울 차례예요. 기뻐요, 주인님과 여주인님!

그라치아노 주인 바사니오와 친절한 아가씨, 당신께서 소망할 수 있는 모든 기쁨을 바랍니다. 제게서 바랄 건 없다고 확신하니까요. 그리고 당신들께서 당신의 믿음을 엄숙히 거행할 때, 그때 저도 결혼할 수 있기를 간절히 바랍니다.

바사니오 진심으로, 그러니 아내를 구하게.

시우 기쁨을 맘껏 누리는구나.

은유 인생에 몇 번 오지 않을 벅차오르는 순간이니까 당연히 누려야지!

그런데, 그라치아노가 바사니오에게 뜬금없이 '주인님'이라고 부르고 있어. 왜지?

시우 바사니오가 억만장자가 되었으니 그에게 잘 보이려는 거겠지.

은유 그것도 맞겠지만, 이제 두 사람의 신분상에서 차이가 나서 그런 게 아닐까? 바사니오가 포오샤 가문을 상속받았으니까, 그는 이제 명실상부한 귀족인 거지.

 그라치아노는 평민인 거고?

민기 아마도~.

그라치아노 주인이여 감사합니다. 당신께서 제게 특별한 것을 주었습니다. 주인이여, 제 눈은 당신의 눈만큼 재빨리 봅니다. 당신은 여주인을 보았고, 저는 시녀를 보았지요. 당신과 저는 잠깐 뜸을 들였습니다. 하지만 그건, 주인이여, 당신에게만큼이나 제게도 더 이상 필요하지 않습니다. 당신의 운명은 저 상자에 달려 있었고, 그 문제에 따르자면 제 운명도 그러했습니다. 여기서 땀이 날 정도로 구애하고 사랑의 서약으로 입천장이 마를 정도로 맹세하여, 마침내, 당신의 운명이 그녀의 여주인을 얻는다면, 그녀의 사랑을 저에게 주겠다고 이 아름다운 여자로부터 약속받았습니다.

포오샤 그게 사실이니, 네리사?

네리사 아씨, 사실이에요. 아씨께서 좋아하신다면요.

바사니오 자네도? 그라치아노, 진심이겠지?

그라치아노 그래요. 진심이에요, 주인이여.

바사니오 우리 축제는 당신들의 결혼으로 훨씬 빛나게 될 걸세.

그라치아노 (네리사에게) 저 두 분과, 첫 아들 낳는 걸 놓고 천 두카트

내기를 하지.

네리사 뭐, 그러면 돈을 걸어야지요.

그라치아노 아니, 우린 절대 그 내기에서 이기지 못할 거야. 막대기가 늘어졌으니. 그런데 누가 오는 거지? 로렌조와 그의 이교도인가? 아니, 내 오랜 베니스 친구 살레리오도?

(로렌조, 제시카, 살레리오, 베니스의 전령 한 명 등장.)

바사니오 로렌조와 살레리오, 잘 왔네. 방금 내가 이 집의 주인이 된지라, 자네를 환영할 힘이 있다면 말일세. 사랑스러운 포오샤, 당신이 허락한다면 내 친구들과 동향인들을 환영할게요.

포오샤 저도 그래요, 주인이여. 이분들을 전적으로 환영해요.

로렌조 감사합니다. 나는, 주인이여, 자네를 여기서 보려 하지는 않았었네. 하지만 가다가 살레리오를 만났고, 싫다고 해도 막무가내인지라 그와 함께 왔네.

살레리오 내가 그랬네, 주인이여. 이유가 있네. 안토니오 그 친구가 자네에게 안부 전하데. (바사니오에게 편지를 건넨다.)

바사니오 부탁이네만, 그 착한 친구의 안부를 알려주게.

살레리오 아프진 않네, 주인이여! 마음이 그렇지 않다면 말일세. 잘 지내지도 않네, 마음이 그러니 말이야. 편지가 그의 상황을 보여줄 걸세.

그라치아노 네리사, (제시카를 가리키며) 저 이방인을 즐겁게 해줘요.

그녀를 환영해줘요. 손 좀 주게, 살레리오. 베니스 소식은 어떤가? 고귀한 상인, 착한 안토니오는 어떻게 지내는가? 그는 우리 성공에 기뻐할 거네. 우리는 두 이아손이지. 황금양털을 따냈거든.

살레리오 그가 잃은 양털을 자네들이 얻었다면 좋겠네.

포오샤 저 편지 뭔가 불길해. 바사니오의 뺨에서 빛을 앗아가고 있어. 소중한 친구가 죽었을 거야. 그 밖엔, 이 세상 무엇도 굳센 의지를 가진 이분을 이처럼 바꾸지 못할 테니까. 점점 더 나빠지네! 바사니오님, 저의 반은 당신이에요. 그러니 그 편지가 무엇을 가져왔는지 제가 그 절반을 자유롭게 받아야겠어요.

바사니오 오 사랑스러운 포오샤. 여기엔 지금껏 종이에 적힌 것 중 가장 불편한 말들이 쓰여 있소! 상냥한 아가씨, 제가 처음 제 사랑을 당신께 전할 때, 제 모든 재산이 제 혈관 속을 흐르고 있다고 말했죠. 신사혈통을 두고 한 말이었어요. 그때 전 진실을 말했죠. 그렇지만, 소중한 여보, 제가 가진 게 없다고 한 말이, 얼마나 허풍 떠는 말이었는지 당신은 이제 알 겁니다. 가진 게 없다고 말했을 때, 그보다도 훨씬 못하다고 말해야 했어요. 왜냐면, 정말로, 경비를 마련하기 위해 전 소중한 친구를 저당 잡혔어요. 그 친구를 그의 철천지원수에게 사로잡히게 했어요. 편지가, 아가씨, 찢어진 이 종이는 제 친구의 몸과도 같고, 글자 한 자 한 자는 생명의 피를 흘리는 자국이지요. 그런데 이게 정말인가, 살레리오? 그의 사업이 모두 실패했단 말인가? 아니, 단 하나의 성공도 없다고? 트리폴리, 멕시코, 영국, 리스본, 바바리, 그리고 인도에서도? 단 한 척의 배도 상인을 결딴내는 바위들을 피하지 못했단 말인가?

시우   드디어 바사니오가 이실직고했어.

민기   아직은 아닌 것 같은데~. 다른 빚에 대해선 여전히 숨기고 있잖아.

은유   그것을 밝힐 바사니오가 아니지. 안토니오 건도 사태가 워낙 급박하게 돌아가서 밝혔을 뿐, 숨겨두려고 했겠지.

⟨얼굴⟩   바사니오가 처음에 포오샤에게 자기를 알린다며 한 말에 따라 그를 판단한다면, 자신의 본모습을 툭 까발릴 위인이 아니지.

시우   나는 아직도 이해가 잘 안 돼. 바사니오가, "제가 처음 제 사랑을 당신께 전할 때, 제 모든 재산이 제 혈관 속을 흐르고 있다고 말했죠"라고 했는데, 이건 무슨 의미야?

⟨얼굴⟩   안토니오 문제가 터진 뒤이긴 하지만, 그 스스로 "신사혈통을 두고 한 말이었어요"라고 했잖아? 재산이라곤 혈통밖에 없는 알거지란 소리를 그렇게 한 거지.

시우   포오샤가 그렇게 알아들었을까?

민기   제대로 '알아듣지 말라'고 빙빙 꼬아 멋있게(?) 표현했는데 알아들었을 리 없지.

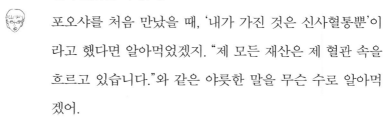 포오샤를 처음 만났을 때, '내가 가진 것은 신사혈통뿐'이 라고 했다면 알아먹었겠지. "제 모든 재산은 제 혈관 속을 흐르고 있습니다."와 같은 야릇한 말을 무슨 수로 알아먹 겠어.

민기   바사니오로부터 그 말을 포오샤가 들었을 때, 그녀는 그 말 의 의미를 '포오샤 자신에 대한 사랑으로 끓어오르는 피'가 아니라면, 다른 것은 바사니오에겐 아예 가치가 없다는 뜻 이라고 여겼을 거야.

은유   그렇게 오해하라고 일부러 이상야릇하게 말한 거잖아.

시우   역시 교묘하구나, 바사니오!

은유   사냥꾼들은 늘 그렇게 혀를 교묘하게 움직이지.

민기   그러니까, 그는 이 순간에도 자기에게 필요한 것만 취하고 넘어가겠지.

살레리오 한 척도 피하지 못했네, 주인이여. 게다가 보아하니, 설사 그가 유대인에게 지불할 현금이 있다 하더라도 그는 받지 않을 태세일세. 사람의 형상을 한 피조물 중에서, 이처럼 사람을 죽이 기에 간절하고 탐욕스러운 자를 난 평생 본 적이 없네. 그는 공작을 밤낮으로 찾고, 공작께서 재판을 거부하면 상인의 자유를 보장하지 않는다며 규탄하고 있네. 스무 명이나 되는 거상, 공작, 그리고 귀족들이 이구동성으로 그를 설득했네. 하지만 처벌, 정의, 그리고 계약을 들먹이며 떠드는 그의 청원을 누구도 취하시키지 못했네.

제시카 그와 같이 있을 때, 그가 튜발과 쿠스, 그의 동포들에게 맹세하는 걸 들었어요. 안토니오가 빚을 진 총액의 스무 배보다도 더 안토니오의 살을 원한다고! 전 알지요, 주인이여! 법, 권위 그리고 권력이 거절하지 않는다면 불쌍한 안토니오는 큰 고통을 겪을 거예요.

민기   제시카는 샤일록의 딸이잖아. 그런데 마치 제삼자에 대해 말하는 것처럼 하고 있어!

은유   부모와 연을 끊었다는 것을 이렇게 해서라도 인정받으려는 거지.

제시카는 왜 연을 끊어버릴 정도로 그렇게 아버지를 싫어하는 걸까?

은유   샤일록에게 문제가 없는 것은 아니지만, 원인을 샤일록에게서 찾아선 안 된다고 생각해. 그 정도를 가지고 부모와 자식 간에 연을 끊는다면, 그러지 않고 살아갈 수 있는 사람이 얼마나 될까?

민기　제시카가 하룻밤에 금반지 1돈짜리를 80개나 써버린 걸 보면, 깊은 생각이 있는 사람 같지도 않은데 뭐.

　　　아버지 총각 시절의 추억이자, 아버지와 어머니의 결혼을 도와 자신을 태어나게 해준 반지조차 원숭이와 바꾼 위인 이잖아?

은유　한마디로 생각 없는 아가씨인 거지. 그러니까 아버지가 왜 그렇게 사는지를 생각해보지도 않고 아버지를 혐오하는 거고.

시우　아버지 샤일록은 왜 그렇게 사는데?

　　　앞에서 얘기했잖아. 샤일록이 그렇게 사는 것은 샤일록 자신에게 어느 정도는 책임이 있겠지만, 많은 부분 당시 사회에 책임이 있다고.

　　　참 그렇지. 당시 유대인이 할 수 있는 일은 거의 없었다고 했지! 공직은 물론이고, 수공업 조합인 길드에 가입하는 것조차 원천적으로 봉쇄되어 있어 수공업에도 종사할 수 없었다고 한 말 이제 생각났어.

은유　제시카는 아버지 샤일록이 유럽의 기독교인들에게 개처럼 취급받으면서 자기를 키웠다는 걸 알기나 할까?

민기　샤일록이 이렇게 울분을 토한 적도 있었지. "유대인은 눈이 없소? 유대인은 손이 없소? 내장이 없소, 몸이 없소? 감각도, 애정도, 열정도 없단 말이오? 기독교인과 같은 음식을 먹고, 같은 무기에 부상당하고, 같은 병에 걸리며, 같은 도구로 치유되고, 같은 겨울에 시원해지고, 같은 여름에 따뜻해지지 않소? 당신들이 우리를 창으로 찌르면 우리는 피가 안 나오? 당신들이 우리를 간질이는데도 우리는 웃지 않는단 말이오? 당신들이 우리에게 독을 먹이더라도 우리는 죽지 않는단 말이오?"

시우 아버지의 그런 원통한 소리를 듣고도 짠한 마음이 들지 않는 것은 왜일까?

유대인으로 사는 게 너무나 큰 공포여서, 무의식적으로든 의식적으로든, 자기 존재를 부정하지 않으면 살아갈 수 없을 것 같아서 그런 게 아닐까?

민기 그랬겠지. 공포에서 벗어나고 또 개 취급을 받지 않으려면 기독교로 개종하는 수밖에 없었겠지.

시우 아버지를 혐오해야 살아갈 수 있는 세상이라니, 참으로 슬픈 현실이다.

포오샤 곤경에 빠진 분이 소중한 친구인가요?

바사니오 가장 소중한 친구이자 가장 친절한 사람이며, 예절에 있어서 최상의 성격을 가진 친구이고 지치지 않는 영혼이죠. 그리고 이탈리아에서 숨 쉬는 그 누구보다도 고대 로마의 명예가 드러나는 사람이에요.

포오샤 그분이 유대인에게 얼마나 빚졌나요?

바사니오 날 위해 삼천 두카트요.

포오샤 아니, 고작 그것뿐이에요? 그에게 육천을 지불하고 증서를 찢으세요. 육천의 두 배, 그것도 안 되면 그것의 세 배를 지불하세요. 그처럼 훌륭한 친구가 당신의 잘못으로 머리카락 한 올이라도 잃기 전에! 먼저, 저와 함께 교회로 가서 저를 아내라 부르고, 그 다음 베니스의 친구에게 가세요. 당신은 포오샤의 곁에 불안한 마음으로는 눕지 못할 테니까요. 금을, 그 사소한 빚의 스무 배도 넘게 가져가세요. 지불하고, 진정한 친구를 데려오세요. 저의 시녀 네리사와 저는 그동안 처녀와 과부로 살겠어요. 어서 가세요! 당신은 결혼식 날 떠나야 하니까요. 친구들을 환대하고 기쁜 얼굴을 하세요. 당신을 비싸게 샀으니 당신을 소중히 사랑하겠어요. 일단 친구의 편지를 읽어주세요.

바사니오 (읽는다.) "사랑스러운 바사니오, 내 배들은 모두 좌초했네. 채권자들은 잔혹해졌고, 내 부동산은 턱없이 부족하네. 유대인과의 계약은 기한을 넘겼네. 내가 대가를 치르고 살아날 가능성은 없네. 죽기 전에 자네를 볼 수만 있다면, 자네와 나 사이의

빚은 사라진 것이네. 그렇지만 마음을 놓게. 자네의 사랑이 자네
가 오도록 설득하지 않는다면, 내 편지 때문에 오진 말게."

포오샤 오, 사랑! 빨리 모든 일을 처리하고, 가세요!

바사니오 떠나라는 당신의 허락을 받았으니 나는 서두르겠어요.
하지만 돌아오기 전까지 어떤 침대에도 머무르는 죄를 짓지 않
을게요. 어떤 휴식도 우리 사이에 끼어들지 않을 거예요.

(퇴장.)

3장

베니스 거리

(샤일록, 살라리노, 안토니오, 교도소장 등장.)

샤일록 간수 양반, 이자를 잘 감시하시오. 자비를 들먹이지 마시오. 이자는 돈을 거저 빌려준 바보요. 간수 양반, 이자를 잘 감시하시오.

안토니오 내 말을 듣게, 착한 샤일록.

샤일록 난 계약대로 하겠네. 내 계약에 반하여 말하지 말게. 난 계약대로 하겠다는 맹세를 했네. 자네는 이유 없이 나를 개라 불렀지. 내가 개인 이상, 내 이빨을 조심하게. 공작께선 재판을 열어주시겠지. 못된 간수 양반, 난 정말 이해할 수 없소. 당신이 그의 부탁을 들어주어 걸핏하면 함께 밖으로 나오니 말이오.

안토니오 부탁하네, 내 말을 듣게.

샤일록 난 계약대로 하겠네. 자네 말을 듣지 않겠네. 계약대로 하

If you repay me not on such a day
in such a place, such sum or sums as are
expressed in the condition, let the forfeit
be nominated for an equal pound
of your flesh, to be cut
in what part of your body pleaseth

겠단 말일세. 그러니 더 이상 말 그만하게. 난 기독교인의 중재자에게 넘어가 머리를 끄덕이고, 수그러들고, 한숨짓고, 동정하는 눈먼 바보가 되지 않겠네. 따라오지 말게. 난 대화하지 않겠네. 난 계약대로 하겠네. (퇴장.)

살라리노 사람과 함께 살았던 어떤 개도 저놈처럼 악독한 개는 없었을 거네.

안토니오 그를 놔두게. 난 더 이상 무익하게 부탁하며 따라다니지 않겠네. 그는 내 생명을 원하네. 난 그 이유를 잘 알지. 난 그의 처벌로부터 종종, 내게 탄식하는 많은 자들을 구했네. 그래서 그는 날 미워하네.

(이미지) 샤일록 역시 심각하게 문제가 있는 인간이다. 안토니오가 "착한 샤일록"이라고 불러주면서까지 부탁하는데, 눈길 한 번 주지 않고 싹 거절하다니.

시우 맞아. 아무리 인간 취급을 못 받았다고 해도, 사람을 합법적으로 죽이려 드는 것은 안 되지.

은유 안토니오는 왜 끝내 잘못했다는 소리는 안 할까?

민기 안토니오가 "착한 샤일록"이라고 부른 건 안토니오가 자신의 잘못을 시인하는 거 아닐까?

은유 그렇게 볼 수도 있지. 하지만 직접적으로 자기가 잘못했다고 용서를 비는 것과는 다르지. 그랬다면 혹시 샤일록이 조금은 누그러졌을지도 모르는데 말이야.

시우   안토니오는 그가 샤일록의 사업을 방해해서 샤일록이 그를 죽이려 한다고 생각하고 있어. 그가 샤일록을 개 취급했다는 것에 대해선 생각하고 있지 않은 것 같아.

민기   안토니오는 돈을 빌려주고 이자를 받는 건 인간이 할 짓이 아닌, '악'이라고 여기니까.

은유   이자를 받는 게 그렇게 심각한 악인가?

그러게! 물론 이자를 안 받고 돈을 빌려주면 더 좋기는 하겠지만, 그렇다고 이자 받는 게 개 취급 받을 정도로 나쁜 일이라고는 생각하지 않는데…….

민기   그보다 더 심각한 '악마나 할 짓'인, 가령 전쟁이나 해적질 같이 정말로 중대한 악이 얼마나 많은데, 나 원 참!

은유   진짜 큰 문젯거리에는 눈을 감고, 별것도 아닌 걸 가지고 정의로운 척 하는 게 정말 꼴사납다.

시우   쌤! 당시에 이자로 인해서 무슨 문제가 있었나요?

이자를 받는 것이 특히 사회적 문제가 된 때는 유럽 중세 시대예요. 성서에서 금한다고 하여 기독교 국가들은 이자를 받고 돈을 빌려주는 것은 물론이고, 이자를 주고 돈을 빌리는 것조차도 '죄'라고 규정하고 '고리대금 금지 조치'

를 내렸죠. '고리대금'이라 하니까 이자가 엄청나게 높았을 거라 생각할 수 있는데, 그렇지 않아요. 대체로 10퍼센트도 되지 않았어요. 그 '조치' 때문에 기독교인은 '대금업'을 하지 못하고, 주로 유대인이 대금업을 했어요. 하지만 1400년대엔 이미 기독교인도 대금업에 많이 뛰어들어 그 조치는 유명무실했죠. 심지어 1500년대 초반엔 실제로 그 조치가 없어졌어요. 면죄부를 남발해 종교개혁*의 직접적이고 1차적인 대상자가 된 교황 레오 10세가, 당시 거대 상인이었던 푸거의 강권으로 고리대금 금지 조치를 해제할 수밖에 없었거든요. 이 작품은 그로부터 90년쯤 지나서 공연되었으니까, 그때는 이자를 받고 돈 빌려주는 게 문제라고도 할 수 없었죠.

은유   당시 사람들에게는 안토니오가 이자 때문에 샤일록을 비난하는 게 이해가 안 되었겠는데?

시우   게다가 이자가 10퍼센트 정도밖에 안 되었어요?

도영샘   옙! '고리대금'이라는 말에 속으면 안 돼요.

    안토니오는 정말 구제불능이다. 자신은 외국에서 물품을 사와 몇 배, 몇 십 배로 부풀려 팔면서도 그것은 정의롭다고 여기면서, 고작 10퍼센트 정도의 이윤을 받는다고 악마

---

*   16세기에 서방교회에 대한 반발로 개신교가 가톨릭교로부터 이탈한 사건이다.

취급하다니!

은유   그런 주제에, 돈을 빌려주고 고작 몇 퍼센트 이자 받는 걸 '죄악'처럼 여기다니!

도영샘   사실은 안토니오도 '대금업'을 통해 돈을 벌었어요. 샤일록이 하는 대금업과는 다르게 변형되어 있고, 또 돈을 빌려서 돈을 번다는 점에서는 다르지만요.

시우   무슨 말씀이신지 이해가 잘 되지 않아요.

       앞에서 안토니오가 바사니오에게 쓴 편지에 "내 배들은 모두 좌초했네. 채권자들은 잔혹해졌고, 내 부동산은 턱없이 부족하네."라고 했던 걸 기억하죠? 이 말을 잘 따져보면 알 수 있어요.

민기   아, 안토니오에게 '채권자들'이 몰려왔다는 것은, 채권을 발행해서 무역 자금으로 썼다는 소리구나!

시우   그렇다면 안토니오 역시 대금업의 혜택을 받고 있었잖아?

민기   채권을 발행했다는 것은, 그 돈으로 몇 배 뻥튀기를 해 채권자들에게 이익을 분배하고도 많은 이익을 남기겠다는 심사이지.

       채권자에게 이익을 분배해주는 것과 빌린 돈에 이자를 지불하는 게 그렇게 큰 차이인가?

민기   사실 안토니오야말로 큰 도둑이라고 해야겠다.

은유　좀도둑은 '악마'이고, 통째 집어삼키는 자는 '무역업자' 행세를 하고 있는 셈이구먼.

시우　안토니오에게 문제가 많기는 하지만, 그래도 샤일록의 처사엔 동조할 수 없어.

은유　나 역시 마찬가지야. 샤일록 또한 인간성이 황폐해진 거지. 개 취급을 받으니까 진짜로 개가 되어버린 거야.

시우　그렇게 취급받는 것을 너무너무 싫어하면서도 자기도 모르게 그렇게 되어버린다는 게, 정말 무섭다.

도영샘　심리학에 '낙인 효과'라는 게 있어요. '낙인이 찍힌 사람은 낙인이 찍힌 대로 산다'는 학설이죠. 즉, 한 번 낙인찍힌 사람은 계속 불명예스럽고 욕된 판정이나 평판대로 살아가게 된다는 말이에요.

은유　"말이 씨가 된다"는 게 맞는 소리였어!

살라리노 난 확신하네. 공작께서 이 처벌의 효력을 절대 인정하지 않을 걸세.

안토니오 공작께선 법 집행을 막을 수 없네. 외국인들이 베니스에서 가진 이권을 거부하면 그들이 이 나라의 정의를 의심할 테니 말일세. 우리 도시국가의 무역과 이익은 모든 국가와 연결되어 있네. 그러니 가세. 슬픔과 재산 손실로 허약해져, 피투성이의 채권자에게 내일 일 파운드의 살조차 남겨 놓기 어려울 정도네. 그래, 간수 양반, 가세. 신께 비옵나니, 바사니오가 이곳에 와서 내가 그의 빚을 갚는 걸 보기를! 그 다음은 아무래도 상관없어.

(퇴장.)

4장

벨몬트, 포오샤 집의 방 안

(포오샤, 네리사, 로렌조, 제시카, 발타자르 등장.)

로렌조 부인, 부인께 말씀드리기 뭐하지만, 부인께선 고귀하고 진실한 마음, 신 같은 우호가 있으십니다. 그건 부인께서 남편의 부재를 견디는 데에서 가장 잘 드러나지요. 하지만 부인이 지금 누구에게 경의를 보이고 계시는지, 어떤 신사분을 돕고 있는지, 부인 남편에게 얼마나 소중한 친구인지 아신다면, 부인께선 관례적으로 아량을 베풀었을 때보다 더 자랑스러우실 겁니다.

포오샤 전 선행을 후회한 적이 없습니다. 이번도 그렇고요. 같이 시간을 보내며 대화하고, 평등한 사랑의 멍에를 각자의 영혼이 지는 동료와는, 얼굴과 태도, 정신에 있어 비슷한 부분이 있을 테니까요. 안토니오라는 분께서는 제 남편의 절친이니, 제 남편과 비슷할 겁니다. 그렇다면 이 일은 제 영혼과 닮은 분을 돈으로 사서 지옥이나 다름없는 불행으로부터 구제하는 것이에요. 그렇게 생각하면 제가 준 금액은 하잘것없는 액수지요! 제 자랑을 한 셈이 되었군요. 그러니 그만하죠. 다른 얘기를 들으세요. 로렌조, 제 남편이 돌아올 때까지 당신 손에 제 집의 관리와 운영을 맡기겠어요. 저는, 네리사의 남편과 제 남편이 돌아올 때까지 기도와 명상으로 살겠다고 하늘에 맹세를 했거든요. 이 마일 거리에 수도원이 있어요. 우리는 거기에서 지낼 거예요. 제 사랑과 약간의 피치 못할 사정 때문에, 당신께 지우는 이 부담을 거절하지 않기를 바랍니다.

로렌조 부인, 전심전력을 다하겠습니다. 부인의 아름다운 명령에 따르겠습니다.

포오샤 하인들은 이미 제 뜻을 알고 있으니, 당신과 제시카를 주인 바사니오와 저 자신으로 여길 겁니다. 다시 만날 때까지 안녕히 계세요.

로렌조 좋은 생각과 행복한 시간이 함께하기를!

제시카 부인께 마음의 평안을 빕니다.

포오샤 기원해줘서 고마워요. 당신들께도 똑같이 이루어지길 바랄게요. 잘 있어요, 제시카! (제시카와 로렌조 퇴장.) 자, 발타자르, 넌 여태껏 신실하게 일을 잘 해왔으니, 이번에도 그렇게 해주도록 부탁한다. 사람이 할 수 있는 방법을 다 써 파두아로 빨리 가서,

내 사촌 벨라리오 박사에게 이 편지를 전해라. 그리고 그가 너에게 서류와 옷을 주면, 그것을 가지고 상상의 속도로 베니스 선착장으로 와라. 말하느라 시간 낭비하지 말고 어서 가라. 나는 너보다 먼저 가 있겠다.

발타자르 부인, 가능한 최대의 속력을 내겠습니다. (퇴장.)

포오샤 이리 와, 네리사. 너에게 알리지 않은 일이 있어. 우린 남편들이 우릴 생각하기도 전에 그들을 볼 거야.

네리사 그들을 만난다고요?

포오샤 그래, 네리사. 하지만 우리는 변장을 할 테니까, 그들은 여자에게 없는 것도 우리에게 있다고 여길 거야. 우리가 청년처럼 차려입으면, 내가 더 미남이라는 것에 내기를 걸겠어. 칼을 찬 모습도 내가 더 용감해 보일 테고. 그리고 성인과 소년 사이의 음성, 즉 높은 음으로 말해야 해. 남자답게 고상한 발걸음으로 걷고, 멋쟁이 청년처럼 큰소리를 치면서 싸움 얘기도 하고, 진기한 거짓말도 지껄이는 거야. 고결한 부인네들이 얼마나 내 사랑을 구했는지 말이야. 내가 거절하자 병이 들어 죽었으나, 난 아무것도 할 수 없었다고. 그 다음, 후회하며 말하는 거지. 내가 그들을 죽게 내버려두지 않았더라면 얼마나 좋았을까. 그런 유치한 거짓말을 스무 개는 할 거야. 그러면 사람들은 내가 학교를 그만둔 지 열두 달은 되었다고 생각하겠지. 이런 허튼 소리를 지껄이는 청년들의 속임수가 내 머리에는 천 개나 들어 있으니까, 이번에 그걸 써먹을 거야.

네리사 아니, 남자가 될 건가요?

포오샤 이런, 음탕한 번역가 같이 그게 무슨 말이니! 일단 와 봐. 공원 정문에서 우리를 기다리는 마차를 타고 나서 알려줄게. 그러니 서둘러. 우리는 오늘 이십 마일을 가야 해.

시우   포오샤, 신났어!

은유   그녀가 평소에 하고 싶었던 거겠지.

       시시껄렁한 로맨스 소설을 많이도 읽었어. 꼭 《허클베리 핀의 모험》에 나오는 '톰' 같다. 톰은 해적 얘기, 강도 얘기를 하도 많이 읽어서 해적이나 강도가 되는 놀이를 하려고 했잖아.

5장

포오샤 집의 정원

(란슬롯과 제시카 등장.)

란슬롯 그래요, 정말. 왜냐면, 보세요. 아버지의 죄는 아이들에게 씌워지게 돼 있어요. 그러니, 장담컨대, 전 아가씨가 우려돼요. 전 아가씨께 언제나 솔직했고, 지금도 솔직하게 문제에 대한 제 불안을 말하고 있어요. 그러니 밝은 기분을 가지세요. 아가씨는 정말 저주받은 것 같아요. 아가씨께 도움이 될 단 하나의 희망이 있는데, 그건 후레자식 같은 희망이죠.

제시카 그게 어떤 희망인데? 부탁이야!

란슬롯 아아, 아가씨의 아버지가 아가씨를 낳은 씨가 아니고, 아가 씨가 유대인의 딸이 아니라는 기대요.

제시카 그건 정말 후레자식 같은 희망이네. 그러면 내 어머니의 죄에 대한 벌을 내가 받겠군.

란슬롯 그렇다면 아가씨가 아버지와 어머니 둘 다에 의해 저주받았을까 우려되는군요. 아가씨가 아버지 괴물 스킬라*를 피하면, 어머니 괴물 카리브디스** 품으로 떨어지겠죠. 아무튼 아가씨는 진퇴양난, 양쪽 다에 걸려 망하겠네요.

제시카 난 내 남편에 의해 구원될 거야. 그는 날 기독교인으로 만들었어.

란슬롯 정말 그는 그 일 때문에 더 비난받아야 해요. 서로 등쳐먹고 살아야 할 만큼 기독교도의 수는 이미 충분해요. 이렇게 개종을 시키면 돼지고기 가격만 높일 거예요. 모두가 돼지고기를 먹게 되면, 돈을 내고서는 얇은 베이컨 한 조각도 사서 구워 먹지 못할 거라고요.

(로렌조 등장.)

제시카 네 말을 내 남편에게 전할 거야, 란슬롯. 저기 그가 온다.

로렌조 네가 내 아내를 이렇게 구석으로 끌어들이니 너를 곧 질투하게 되겠군, 란슬롯.

제시카 아니, 우려하지 않아도 돼요, 로렌조. 란슬롯과 저는 이제 멀어졌어요. 그는 제가 유대인의 딸이기 때문에 저를 위한 자비

---

* 카리브디스와 함께 그리스 신화에 나오는 2대 바다괴물 중 하나이다.
** 그리스 신화에 나오는 여자 괴물로 바다에서 바위와 소용돌이를 일으켜 선원들을 잡아먹는다.

가 천국에는 없다고 단호히 말했어요. 그러고는 당신도 도시국가의 훌륭한 시민은 아니라고 했어요. 유대인을 기독교인으로 개종하고 돼지고기 가격을 높인다면서요.

로렌조 나는 네가 그 깜둥이 배를 부르게 한 것보다 내가 한 것을 도시에 더 잘 설명할 수 있어. 그 무어인이 네 아기를 가졌지, 란슬롯.

란슬롯 무어인들이 일반인보다 몸집이 커서 그렇겠죠. 하지만 그녀가 처녀가 아니라면, 그녀는 진정 제가 생각한 것 이상이군요.

로렌조 바보들은 말장난을 얼마나 잘하는지! 이러다간 곧 재치의 가장 큰 가치는 침묵이 되고, 담화는 앵무새만이 칭찬할 거다. 들어가라, 이놈. 저녁 식사를 위해 준비하라고 일러라.

란슬롯 그건 됐습니다, 나리. 그들은 식욕이 왕성하고, 밥통을 다 가지고 있지요.

로렌조 아이고, 재치를 잘도 낚아채는구나! 그럼 저녁을 차리라고 일러라.

란슬롯 그것도 됐습니다, 나리! 딱 한마디, '씌우라'라고 할 말만 남았습니다.*

---

* 여기서부터. 식탁 차리는 것을 성 관계에 빗대 농짓거리하며 놀고 있다. '씌우라'는 말은 표면적으로는 식탁보를 깔라는 뜻이지만, 성관계를 연상하게 하는 말장난이다.

로렌조 그럼, 란슬롯 나리 당신께서 씌우겠습니까?*

란슬롯 아니요, 나리. 전 제 주제를 압니다. 제가 어떻게 나리 앞에서 씌울 수 있겠습니까.

로렌조 아직도 말장난할 게 남았나? 네 재치의 재산을 한순간에 다 보이려느냐? 제발, 보통 사람이 말하는 보통의 의미로 이해해라. 네 동료들에게 가서, 식탁보를 씌워 고기를 내라 해라. 그러면 우리가 저녁 식사를 하러 들어가겠다.

란슬롯 상을 차리고, 서비스하라 하겠습니다, 나리. 고기를 접시로 씌우고요, 나리. 저녁을 위해 오시면, 나리, 그래요, 유머와 비유가 날아다니도록 하죠. (퇴장.)

로렌조 오 자유자재여, 말을 비틀어 딱 들어맞게 말을 쓰는 능수능란함이여! 저 바보는 머리에 근사한 말을 한 부대는 박아 놓은 듯하군. 헌데 나는 더 나은 신분의 광대들도 알지. 그들은 말재주를 부려서 문제의 의미를 무시해버리지.

시우   이런 질펀한 말장난을 왜 넣었는지 모르겠어.

은유   재미있잖아.

민기   너무 무거운 주제만 계속되면 오히려 무거움을 못 느끼고 덤덤하게 여겨버리니까, 웃으며 쉬는 타임을 주자는 거지.

*   로렌조도 란슬롯의 질펀한 농짓거리를 받아, 역시 성적인 농을 하고 있다.

악기도 연주할 땐 팽팽하게 조이지만 연주가 끝나면 풀어놓는 것처럼 말이야. 그래야 또 연주할 때 팽팽하게 소리를 낼 수 있으니까.

도영샘 우리 옛 글쓰기에서도 애용된 방법이에요. '억양법抑揚法'이라고 하는데, '억' 즉, 누르는 게 있었으면 다음엔 '양' 즉, 활기차게 밖으로 뻗어나가는 내용을 담아 리듬을 만들었어요.

민기 진지한 내용 사이사이에 해학을 끼워 넣는 게 그런 거겠네.

시우 《심청전》의 뺑덕어멈,《춘향전》의 방자와 향단이의 질펀한 해학이 그런 구실을 한 거였구나.

은유 이팔청춘 춘향이도 질펀한 소리를 막 하지~.

 맞아요.《춘향전》도 그런 재미있는 인물과 해학이 없었다면, 작품은 잎과 줄기는 다 떨어지고 뼈대만 앙상하게 남은 고목 느낌이 났을 거예요.

로렌조 잘 지내나요, 제시카? 그리고 선한 내 사랑, 말해봐요. 주인 바사니오의 부인을 어떻게 생각하나요?

제시카 모든 표현을 뛰어넘으세요. 분명히 주인 바사니오는 이제 올바른 삶을 살 거예요. 이런 아내를 축복으로 받았으니까요. 지상에서도 천국의 기쁨을 누릴 거예요. 그가 지상에서 이에 걸맞은 삶을 살지 않는다면 당연히 그는 천국에 가지 못할 거예요. 그래요, 하늘에서 두 명의 신이 각각 지상의 여인을 한 명씩 내 걸고서 내기를 한다면, 한 신이 포오샤를 내걸면, 다른 신은 한 명의 여인 외에 무언가를 더 걸어야 할 거예요. 보잘것없고 막 가는 이 세상엔 그분과 같은 사람이 없으니까요.

로렌조 그녀와 같은 수준의 남편을 당신은 가졌잖소.

제시카 에이, 그것에 대해선 제 의견을 물어봐야죠.

로렌조 곧 그러지요. 먼저, 저녁 식사를 해요.

제시카 에이, 식욕이 왕성할 때 칭찬하게 해줘요.

로렌조 아니, 부탁하건대, 식탁에 갈 때까지 아껴 놓아요. 그때 당 신이 무슨 말을 하든 다른 것들과 함께 소화시켜버리겠소.

제시카 그래요, 어디 가보죠.

(모두 퇴장.)

4막

1장

베니스 법정

(공작, 귀족들, 안토니오, 바사니오, 그라치아노, 살레리오, 기타 등등 등장.)

공작 어디, 안토니오 어디 있소?

안토니오 준비됐습니다. 분부만 하십시오.

공작 자네에게 미안하군. 동정이라곤 눈곱만큼도 없고, 한 모금의 자비도 없는 목석같은 자, 그런 인간 같지 않은 놈에게 자네는 대답해야 하네.

안토니오 공작께서 그의 혹독한 생각을 누그러뜨리기 위해 많은 고생을 하셨다고 들었습니다. 하지만 그가 완고하여, 어떤 법적 수단도 질투의 손아귀로부터 저를 빼낼 수 없으니, 저는 이제 인내로 그의 분노에 맞서겠습니다. 그리고 영혼의 고요함으로 그의 폭압과 분노에 시달릴 대비가 되어 있습니다.

공작 누가 가서 유대인을 법정으로 불러라.

살레리오 그는 문 앞에 대기하고 있습니다. 그가 옵니다, 공작님!

(샤일록 등장.)

공작 자리를 만들고, 그가 우리 앞에 서게 하라. 샤일록, 사람들은 자네가 연극의 마지막 시간까지만 악한 방식으로 이끌어가고, 그 다음엔 자네가 보여준 잔혹함보다도 낯선 자비와 회한을 보여줄 것이라고들 생각하네. 그리고 자네가 처벌을, 이 불쌍한 상인의 살덩이 일 파운드를 요구하지만, 자네가 이 처벌을 풀어줄 뿐만 아니라 인간적 관대함과 사랑으로 원금의 절반을 탕감해주리라고 생각하네. 나도 같은 생각일세. 저 거대한 상인을 쓰러트릴 만큼 그의 등을 짓누르고 있는, 그가 최근에 받은 손해를 동정의 눈으로 쳐다본다면, 측은한 마음이 생겨나지 않을 수 없을 걸세. 심지어 완고한 투르크인의 놋쇠 가슴, 타타르인의 부싯돌 같은 거친 심장으로부터도 그럴 거네. 그러니 우리는 모두 친절한 대답을 기대하네, 유대인이여!

샤일록 전 공작님께 이미 제 의도를 말씀드렸습니다. 그리고 제 계약의 원금과 담보를 두고 신성한 안식일에 맹세했습니다. 막으신다면, 그 위험이 특허장과 도시의 자유에 드리울 겁니다. 왜 삼천 두카트 대신 썩는 살을 받기로 선택했는지 제게 물어보신다면, 전 답하지 않겠습니다. 제 기분이라고 해두죠. 답이 됐습니까? 제 집에 쥐가 말썽을 일으켜 독살하기 위해 일만 두카트를 지불하려고 한다면 어떻습니까? 아니, 아직 답이 안 됐습니까? 누군가는 입 벌린 돼지를 싫어하고, 누군가는 고양이를 보면 화를 내죠. 그리고 누군가는 백파이프 소리를 들으면 소변을 참지 못하죠. 애정, 열정의 여주인은, 좋아하거나 싫어하는 것을 기분에 따라 바꾸죠. 자, 답하겠습니다. 어떤 사람은 왜 입 벌린 돼지를, 다른 사람은 왜 무해하고 유용한 고양이를, 또 다른 사람은 양털 백파이프를 참을 수 없는지 그 이유를 분명하게 댈 수 없지 않습니까? 다만 어떤 힘에 의해 스스로도 불쾌해하면서도 그것에 굴복할 수밖에 없듯이, 저도 꼭 그렇습니다. 이유를 대지도 않을 거고요. 오랜 시간 박힌 증오와 특별한 혐오를 안토니오에게 갖고서 저는 견뎌왔습니다. 제가 손해 보는 재판을 걸 정도로요. 답이 됐습니까?

바사니오 이건 자네 잔혹함의 구실일 뿐 답이 아니오. 어찌 이렇게 비정하오!

샤일록 나는 자네를 즐겁게 할 까닭이 없다네.

바사니오 모든 사람이, 자신이 사랑하지 않으면 그걸 죽인단 말인가?

샤일록 죽이고 싶지 않은 걸 증오하는 사람도 있는가?

바사니오 갈등이 있다고 해서 처음부터 증오하는 것은 아니오.

샤일록 아니, 자네는 독사가 두 번 물게 둘 텐가?

안토니오 부탁이네, 바사니오. 그대가 유대인과 대화한다는 사실

을 기억하게. 유대인의 심장을 부드럽게 하느니 차라리 해변에
서서 만조더러 낮추라 하고, 새끼양을 죽여 어미양을 울게 한 까
닭을 늑대에게 물어보고, 돌풍이 불 때 소나무에게 흔들리기는
하되 소리는 내지 말아달라고 부탁할 수도 있을 걸세. 이것보다
황당한 것도 그대는 할 수 있을 거야. 뭐가 더 단단하겠나. 그러
니 간청하네. 더 이상 제안하지 말게. 다른 수단도 강구하지 말
게. 단지 간단하게 판결을 내려, 나는 판결을 받고 유대인은 뜻
을 이루도록 해주게.

바사니오 삼천 두카트 대신 여기 육천이 있소.

샤일록 육천 두카트의 모든 두카트가 여섯 조각이고, 모든 조각이
한 두카트이더라도, 난 받지 않겠네. 난 계약대로 하길 원하네.

시우   샤일록은 도대체 왜 이 엄청난 돈을 포기하는 거지?

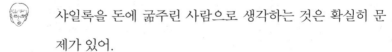   샤일록을 돈에 굶주린 사람으로 생각하는 것은 확실히 문
       제가 있어.

민기   피에 굶주린 사람이지.

       흡혈귀로 태어나기라도 했단 말이야?

은유   그때나 지금이나 샤일록을 돈에 굶주리고, 피에 굶주린 자
       로 생각하는 사람들이 많지.

공작 스스로 베풀지 않으면서 어찌 자비를 바라겠는가?

샤일록 잘못이 없는데 어찌 판결을 두려워하겠습니까? 당신들은 노예들을 많이 갖고 있지요. 그들을 샀다며, 나귀와 개, 노새처럼 비인간적으로 부리는 노예 말이에요. 제가 당신들에게, "그들을 놓아주시오. 그들이 당신의 상속자와 결혼하게 하시오."라고 말하거나, "그들의 침대를 당신 것처럼 부드럽게, 그들의 식사를 당신들과 같게 하시오."라고 말하면, 왜 부담스러워 땀을 흘리죠? 당신들은 답하겠죠. "노예들은 우리 소유물이오." 그러니 저도 답하겠습니다. 제가 그에게 요구하는 살덩이 일 파운드는 돈을 주고 비싸게 산 겁니다. 그건 제 것이고, 전 그걸 가질 겁니다. 그걸 거절한다면, 당신들의 법은 에잇! 베니스 법령은 다 효력을 잃게 될 거요. 전 재판을 위해 서 있습니다. 대답하시죠. 판결을 내려주실 겁니까?

공작 이 문제를 결정하기 위해 사람을 보내 박식한 벨라리오를 모시라고 했네. 그분이 오늘 오시지 않는다면 내 힘으로 이 법정을 해산시킬 수 있네.

살레리오 공작님, 밖에 전령이 박사님의 편지를 들고 서 있습니다. 방금 파두아에서 왔답니다.

공작 편지를 가져오게. 전령을 부르게.

바사니오 기운 내게, 안토니오! 그래, 이 사람아, 용기를 갖게! 자네가 날 위해 한 방울의 피라도 흘리기 전에, 내가 유대인에게 내 살과 피, 뼈 그 밖의 모든 걸 내주겠네.

안토니오 난 죽음에나 적합한 거세된 숫양일세. 가장 약한 열매가 일찍 땅에 떨어지지. 그러니 놔두게. 자네에겐 조용히 살면서 내 묘비명을 쓰는 것보다 더 좋은 일이 없네, 바사니오! (네리사가 판사의 서기 복장을 하고 등장.)

공작 자네는 파두아에서 왔는가? 벨라리오에게서?

네리사 둘 모두 맞습니다, 공작님. 벨라리오 박사가 공작님께 안부 드립니다. (편지를 건넨다.)

바사니오 칼을 어찌 그리도 성심을 다해 갈고 있나?

샤일록 저 파산자에게서 담보를 잘라내기 위해서네.

그라치아노 가혹한 유대인이여! 자네의 발바닥이 아니라, 자네의 영혼에 칼을 날카롭게 갈고 있네. 어떤 금속도, 아니, 교수형 집행인의 도끼조차 자네의 날카로운 질투의 절반만큼도 예리하지 못할 걸세. 어떤 기도도, 자네의 마음을 뚫지 못한단 말인가?

샤일록 못하네! 자네의 어떤 기도도 헛수고이네.

그라치아노 오, 저주 받을지어다, 이 냉혈한 개새끼! 널 살려두면 정의도 정의가 아니지! 넌, 동물의 영혼이 인간의 몸으로 기어들어 간다던 피타고라스*의 의견에 내가 동조하도록 만들고 있어. 네

---

* 고대 그리스의 수학자이자 철학자, 종교 교주이다. '피타고라스의 정리'로 우리에게도 잘 알려진 인물이다.

들개 같은 영혼은 늑대 속에 있다가, 인간을 물어뜯어 죽인 일 때문에 목이 졸려 죽고도, 날아올라, 부정한 네 에미 속에 네가 웅크리고 있을 때 네 안으로 들어갔을 거야. 틀림없어! 네 욕망은 늑대 같고, 잔인하고, 굶주리고, 게걸스러우니까.

샤일록 자네가 내 계약의 도장을 지우지 못하는 이상, 자네의 욕지거리는 자네의 폐만 상할 뿐이네. 좋은 청년이여, 정신을 고치시게나! 그렇지 않으면 회복 불가능해질 거네. 전 여기 법을 위해 서 있습니다.

공작 벨라리오의 편지는 젊고 박식한 박사를 우리 법정에 추천하는군. 그는 어디 있나?

네리사 그분은 공작께서 허락하실지 듣기 위해, 아주 가까운 곳에 계십니다.

공작 당연하지! 몇 명이 가서 정중히 안내해드려라. 그동안 법정에선 벨라리오의 편지를 읽어드리겠소.

서기 (읽는다.) "공작께선 편지를 받았을 때 제가 심하게 병환 중에 있었다는 것을 아실 겁니다. 전령이 왔을 때, 다행히 로마의 한 젊은 박사가 방문하고 있었습니다. 그의 이름은 발타자르입니다. 저는 그에게 유대인과 거상 안토니오 간의 논란에 대해 알려주었습니다. 저희는 여러 권의 책을 뒤졌습니다. 제가 의견을 밝혔더니, 그는 말로 다할 수 없이 위대한 학식으로 저의 생각을 개선시켰습니다. 공작님의 요청을 제 대신 응해달라는 저의 끈질긴 요청에 그는 개선된 안을 가지고 출발했습니다. 간청하건대, 그의 짧은 경력이 존경받을 만한 판단에 장애가 되지 않도록 해주십시오. 어린 몸에 이처럼 나이 든 머리가 달린 경우를 저는 본 적이 없습니다. 그를 공작님의 너그러운 승인에 맡기겠습니다. 재판이 그에 대한 칭찬을 퍼트릴 것입니다."

공작 여러분들은 박식하신 벨라리오 박사님께서 쓰신 글을 들었습니다. 저기, 박사께서 오신 것 같군.

(포오샤가 법관 복장을 하고 등장.)

공작 손을 주십시오. 연로하신 벨라리오로부터 오십니까?

포오샤 그렇습니다, 공작님.

공작 환영합니다. 앉으십시오. 지금 법정의 문제가 어떤 불화인지 알고 계십니까?

포오샤 사건에 대해 완벽히 알고 있습니다. 누가 상인이고 누가 유대인입니까?

공작 안토니오와 늙은 샤일록, 모두 나오게.

포오샤 자네의 이름이 샤일록인가?

샤일록 제 이름은 샤일록이 맞습니다.

포오샤 자네가 여는 재판은 성격이 특이하군. 그러나 베니스 법이 그 양식을, 자네의 진행을 비난할 순 없네. (안토니오를 가리키며)

자네는 그의 위험 속에 서 있군, 아닌가?

안토니오 네, 그는 그렇다고 말합니다.

포오샤 계약을 인정하나?

안토니오 네.

포오샤 그렇다면 유대인이 자비로워야겠군.

샤일록 무슨 강요로 그래야 합니까? 말해주십시오.

포오샤 자비는 강압적이지 않네. 그것은 하늘에서, 아래에 있는 땅에 부드러운 비처럼 떨어지지. 땅은 두 번 축복받네. 주는 자와 받는 자를 축복하니까. 그것은 강한 것 중에서도 가장 강하네. 그것은 즉위한 왕에게 왕관보다도 더 어울리네. 왕관은 경외와 위엄, 임시적인 권력의 힘을 보여주지만, 그 안에는 왕들의 공포와 두려움이 앉아 있기 때문일세. 그러나 자비는 왕관의 지배보다 상위에 있네. 왕들의 심장에 앉아 있고, 신의 속성이기도 하지. 지상의 권력은 자비가 정의에 양념처럼 곁들여졌을 때 신의 권력과 가장 비슷하다네. 그러니 유대인이여, 그대는 정의를 간청하지만 이걸 생각하게. 정의의 방식으로는 우리 중 누구도 구원받지 못할 걸세. 우리는 자비를 기도하네. 그 기도가 우리를 가르쳐 자비를 실천하게 하네. 난 그대가 간청하는 정의를 누그러뜨리기 위해 이만큼 말했네. 그대가 정의를 따르면 베니스의 엄격한 법정은 저 상인에게 형벌을 내려야 하네.

샤일록 내 행위가 내 머리에 쏟아지기를! 법, 형벌 그리고 계약의 담보를 저는 갈망합니다.

'정의'냐? '자비'냐? 그것이 문제로다.

은유 포오샤는 둘 중 하나가 아니라, 둘 다 필요하다고 말하는 거야.

시우 샤일록의 입장에선, 자기에게 '자비'만을 요구한다고 생각하지 않을까?

그렇지 않아. 원금, 또는 그것의 세 배를 받고 안토니오를 풀어주면 "자비가 정의에 양념처럼 곁들여진" 모양이 이루어진 거잖아.

은유 포오샤가 한 말, "지상의 권력은 자비가 정의에 양념처럼 곁들여졌을 때 신의 권력과 가장 비슷하다"는 게 의미심장하다.

도영샘 잘 보셨어요. 포오샤의 그 말은 맥락이 있어요. 정의란 각자의 몫을 각자가 갖는 것인데, 자기 몫엔 좋은 것만이 아니라 나쁜 것도 들어 있어요. 유대교는 하느님의 정의를 중심으로 생각한다고 기독교인은 생각해요. 그런데 사람에게 정의만 적용되면 구원받을 수 있는 사람이 없어서, 모두가 지옥에서 영원히 살아야 한다고 기독교는 말하죠. 사람을 평가하는 저울대에 올려놓으면 그 누구라도 '악행'과 '죄' 쪽으로 확 기울어진다는 거예요. 그러니 하느님의 사랑, 즉 '자비'가 없으면 아무리 위대한 인간도 죄인이라는 딱지를 뗄 길이 없다는 거죠. 포오샤는 지금 이런 기독교 사상을 말하고 있는 셈이에요.

시우 아, 그래서 포오샤가 "정의의 방식으로는 우리 중 누구도 구원받지 못할 걸세"라고 말했구나!

민기 그러자 샤일록은 "내 행위가 내 머리에 쏟아지기를!", 다시 말하면 '내 행동은 내가 책임지겠소!'라고 하며, 심판과 판결에서 정의를 주장한 거고.

포오샤 안토니오에겐 채무를 이행할 능력이 없는가?

바사니오 있습니다. 여기 법정에서 그를 위해 제공하겠습니다. 예, 그 두 배를. 그것도 충분하지 않다면 제 손, 머리, 심장을 내놓고서 그걸 열 번이고 갚겠습니다. 그것도 충분하지 않다면, 그건 악의가 진실을 패배시키려는 거겠지요. 재판장님 권한으로 법을 한 번만 비틀어주시기를 간청합니다. 대의를 위해 작은 잘못을 해주시고, 이 잔혹한 악마의 의지를 억제해주십시오.

포오샤 그건 안 되네. 베니스에서는 어떤 권력도 정해진 법령을 바꿀 수 없네. 그건 판례로 기록되어, 그 판례를 들먹이며 많은 오류가 도시에 난입할 거네. 그건 안 되네.

샤일록 다니엘*께서 재판하러 오셨다! 그래, 다니엘께서! 오 지혜로운 젊은 재판관이시여, 당신을 정말 존경합니다!

포오샤 계약서를 보여주게.

샤일록 여기 있습니다, 존경하는 박사님. 여기 있습니다.

포오샤 샤일록, 저쪽에서 그대 액수의 세 배를 갚겠다고 제안하고 있네.

샤일록 맹세, 저는 하늘에 맹세했습니다. 제 영혼이 위증죄를 범해서야 되겠습니까? 베니스를 몽땅 준다고 해도 싫습니다.

은유 포오샤는 샤일록에게, 그 많은 돈을 포기하면서까지 고작 인간의 살덩이 1파운드를 원하느냐고 왜 묻지 않을까?

시우 샤일록은 그냥 인간의 살덩이가 아니라 안토니오의 살덩이를 원하지. 기독교인의 살덩이를 원한다고도 할 수 있고.

🙂 앞에서 샤일록이 공작에게 '자신이 안토니오의 살덩이를 원하는 것'에 대해 말했기에, 반복하지 않으려고 포오샤가 묻지 않은 것 아냐?

시우 그때 샤일록이 이렇게 말했지. "어떤 힘에 의해 스스로도

---

* 구약 성경에 나오는 인물인데. 거기엔 다니엘의 재판 능력에 대해 특별한 언급이 없다. 외경에 해당하는 〈수산나 이야기〉에 다니엘이 젊은 판사로 그려져 있다고 한다.

불쾌해하면서도 그것에 굴복할 수밖에 없듯이, 저도 꼭 그렇습니다. 이유를 대지도 않을 거고요. 오랜 시간 박힌 증오와 특별한 혐오를 안토니오에게 갖고서 저는 견뎌왔습니다. 제가 손해 보는 재판을 걸 정도로요. 답이 됐습니까?"

 샤일록이 그렇게 말했기에 왜 그러느냐고 더욱 물어야지. 안토니오에 대한 '오랜 시간 박힌 증오와 특별한 혐오'의 근거를 알 필요가 있는 거잖아.

시우 공작도 그 이유를 묻지 않았어. 왜지?

민기 샤일록이 당연히(?) 아무런 까닭도 없이 그런다고 믿고 있으니까.

시우 이유가 없이 그런다면 악마나 사이코패스인데? 샤일록을 그렇게 보는 건가?

은유 당시 사람들은 유대인을 다 악마나 사이코패스라고 보고 있는지도 모르지.

 그러고도 유대인에게 자비를 요구한단 말이야?

민기 힘 있는 자가 힘이 없는 자에게 베풀 수 있는 게 자비이니까.

시우 실제로 힘 있는 사람은 기독교인 아냐? 그들은 유대인이나 노예에게 자비를 베풀지 않잖아.

 그 점, 즉 자비가 없는 기독교인을 꼬집기 위해서, 앞에서 샤일록이 공작에게 "그대들은 노예들을 많이 갖고 있지요. 그들을 샀다며, 그들을 나귀와 개, 노새처럼 비인간적으로 부리는 노예 말이오."라고 언급했다는 생각이 든다.

은유   자비는 고사하고 그들은 정의도 지키지 않아. 유대인이라고 비인간적으로 취급하고, 개처럼 막 대하는 걸 정의라고 할 수는 없으니까.

포오샤 그렇군, 계약 시한이 지났군. 명시된 대로 자네 유대인은 상인의 심장에서 가장 가까운 살덩이 일 파운드를 법적으로 주장할 수 있네. 자비심을 갖게. 액수의 세 배를 받게. 계약서를 찢게 해주게.

샤일록 취지에 맞게 지불되면 그러겠습니다. 재판장님께선 훌륭한 판사 같습니다. 재판장님은 법을 아시고, 그 설명은 아주 분명했습니다. 전 재판장님께서, 법의 기둥을 받치고 있는 판결까지 진행하시도록 법으로 요구합니다. 영혼을 걸고 맹세컨대, 사람의 혀에는 저를 흔들 힘이 없습니다. 전 제 계약을 고수하겠습니다.

안토니오 판결을 내려달라고 진심으로 법정에 청원합니다.

포오샤 그러지. 그러면 그대는 그의 칼에 가슴을 준비해 놓게.

샤일록 오 고결한 판사님! 오 훌륭한 젊은이!

포오샤 법의 의도와 목적은 계약에 나타난 처벌과 완전한 관계를 갖네. 담보 집행은 타당하다는 뜻이라네.

샤일록 정말 그러합니다. 오 지혜롭고 올바른 판사님! 나이에 비해 얼마나 연륜이 있으신지!

포오샤 (안토니오에게) 그러니 맨가슴을 드러내게.

샤일록 그래요, 그의 가슴! 계약에 쓰여 있죠. 그렇지 않습니까, 고결한 판사님? "심장에서 가장 가까운." 그렇게 적혀 있죠.

포오샤 그렇네. 살을 잴 저울이 있나?

샤일록 준비해 놨습니다.

포오샤 그의 상처를 막기 위해 그대 비용으로 외과의를 부르게, 샤일록. 아니면 그는 과다출혈로 죽을 거네.

샤일록 그것이 계약에 정해져 있습니까?

포오샤 그런 표현은 없네. 무슨 상관인가? 자선을 베푸는 건 좋은 일이네.

샤일록 전 찾지 못하겠습니다. 계약에 그런 내용은 없습니다.

포오샤 상인은 할 말이 있는가?

안토니오 많지는 않습니다. 전 마음을 단단히 먹었습니다. 손이나 잡아보세, 바사니오! 잘 있게! 내가 그대 때문에 이 지경에 빠졌다고 슬퍼하지 말게. 지금 운명은 평소보다 더 친절하다네. 운명의 여신은 종종 재산이 다 사라져버린 뒤에도 비참하게 계속 살게 해서, 푹 파인 눈과 주름투성이 이마를 한 채 노년의 비참을 맞보도록 하니 말일세. 긴 고통으로부터 운명은 나를 구원해주었네. 그대의 고귀한 부인께 나에 대해 알려주게. 안토니오의 최후가 어떠했는지 알려주게. 그리고 말해주게나, 내가 그대를 얼마나 사랑했는지! 내 죽음에 대해 공정하게 말씀드리게. 이야기를 다 한 뒤, 바사니오가 한때 사랑을 받은 적이 없었다고 말할 수 있는지 판단해달라고 하게. 친구를 잃는다는 것만 후회하게. 그 친구는 그대의 빚을 갚은 걸 후회하지 않네. 유대인이 칼을 깊게 박아 잘라내면, 나는 즉시 온 가슴을 바쳐 빚을 갚을 것이네.

바사니오 안토니오, 난 내 생명만큼이나 소중한 아내와 결혼했네. 하지만 내 생명 자체, 내 아내, 그리고 온 세상도 그대의 생명보다는 덜 소중하네. 이 악마에게서 그대를 구하기 위해서라면, 나는 다 잃어도 좋네. 이 모든 걸 바치겠네!

포오샤 자네의 제안을 자네의 아내가 옆에서 들었다면, 별로 고마워하지는 않았겠군.

민기   안토니오의 유언이 심상치 않다. "말해주게나, 내가 그대를 얼마나 사랑했는지! 내 죽음에 대해 공정하게 말씀드리게. 이야기를 다 한 뒤, 바사니오가 한때 사랑을 받은 적이 없

었다고 말할 수 있는지 판단해달라고 하게."

은유   바사니오의 대답도 심상치 않긴 마찬가지야.

시우   그러니까 포오샤가 그렇게 응답했지.

그라치아노 나도 사랑하는 아내가 있네. 난 그녀가 천국에 갔으면 좋겠네. 이 개 같은 유대인을 변화시킬 힘을 간청할 수 있도록 말일세.

네리사 그녀 등 뒤에서 제안하길 잘 했습니다. 아니었다면 그 소원은 집을 요란스럽게 했을 겁니다.

샤일록 (방백) 기독교인 남편들이란 이런 작자들이지. 강도질로 세상을 떠들썩하게 했던 바라바*의 혈통이 내 딸의 남편이 될지언정, 이런 기독교인은 남편으로 맞이하지 않기를! 시간이 아깝습니다. 부탁하건대, 선고를 내려주십시오.

포오샤 그 상인의 살 일 파운드는 그대 것이네. 법정이 허락하고 법이 주는 바이네.

샤일록 정의로운 판사님이십니다!

포오샤 그대는 그의 가슴에서 살을 도려내야 하네. 법이 허락하고, 법정이 지급하네.

---

*   신약 성서에 의하면 로마에 대항하여 폭동을 일으킨 인물이다. 로마 총독 빌라도가 예수를 풀어주겠다고 하자, 이스라엘인들은 예수는 십자가에 못 박고 대신에 바라바를 풀어달라고 했다.

샤일록 박식한 판사님! 선고했도다! 이리 와 준비하도록!

포오샤 잠시 기다리게, 남은 게 있네. 이 계약은 자네에게 피는 조금도 주지 않네. 글귀는 명확히 "살 일 파운드"라 되어 있네. 자네의 담보를 챙기게. 자네의 살 일 파운드를 가져가게. 하지만 자네가 자르면서 기독교인의 피 한 방울이라도 흘린다면, 자네의 토지와 재산은 베니스 법에 의해 몰수되네. 베니스 정부에게로.

그라치아노 오, 올바른 판사님! 봐라, 유대인. 오 박식한 판사님이시다!

샤일록 그게 법입니까?

포오샤 스스로 법 조항을 읽어보게. 자네가 정의를 촉구하니, 자네가 원한 것 이상의 정의를 받으리라고 확신하게.

그라치아노 오, 박식한 판사님! 봐라, 유대인. 박식한 판사님이시다!

샤일록 그럼 이 제안을 받아들이겠습니다. 계약금의 세 배를 지불하고 기독교인을 가게 하십시오.

바사니오 여기 돈이 있네.

포오샤 잠깐! 유대인은 모든 정의를 받을 것이네. 잠깐! 서두르지 말게. 그는 처벌만을 얻을 것이네.

그라치아노 오, 유대인! 올바른 판사님, 박식한 판사님이시다!

포오샤 그러니 살을 잘라낼 준비를 하게. 피를 흘리지 말고, 적지도 많지도 않게 정확히 일 파운드의 살만 잘라내게. 일 파운드보다 더 자르거나 적게 잘라내면, 그 차이가 가볍든 무겁든, 아주 조그만 조각의 20분의 1이든, 아니, 머리카락 한 올만큼이라도 저울이 기울면, 자네는 사형당하고 자네의 모든 재산은 몰수네.

그라치아노 제2의 다니엘, 다니엘이시다. 유대인! 이제, 이교도, 내가 널 완전히 잡았어.

포오샤 유대인은 왜 멈춰 있는가? 자네의 담보를 가져가게.

샤일록 제 원금만 주시고 가게 해주십시오.

바사니오 자네를 위해 준비해뒀네. 여기 있네.

포오샤 그는 공개 법정에서 거부했네. 그는 단지 정의와 계약만을 받을 것이네.

그라치아노 다니엘, 정말로, 제2의 다니엘이시다! 그 말을 알려줘서 고맙다, 유대인.

샤일록 제 원금도 받을 수 없단 말입니까?

포오샤 위험을 감수하며 자네의 담보물만을 가져갈 수 있네, 유대인.

샤일록 아니, 그렇다면, 악마가 알아서 하라지요! 더 이상 말하지 않겠습니다.

포오샤 잠깐, 유대인. 법은 자네에게 지배력을 한 번 더 행사하네. 베니스 법전엔 만약 외국인이 시민의 생명을 빼앗으려고 직접 또는 간접적으로 시도한 것이 증명되면, 그가 획책한 상대방이 그의 재산 절반을 갖고, 나머지 반은 국가의 공공 재원으로 돌린다는 규정이 있네. 그리고 범죄자의 생명은 다른 누구보다도 공작의 자비에 놓이네. 말하건대, 이런 곤경에 당신은 놓여 있네. 드러난 과정을 보아하니 직·간접적으로 자네는 피고인의 생명을 빼앗으려 했네. 그리고 내가 방금 말한 위험을 초래했네. 그러니 무릎 꿇고 공작께 자비를 빌게.

그라치아노 스스로 목매달도록 허락해달라고 빌어라. 그리고 네 재산은 몽땅 국가에 몰수되었으니 노끈 값만큼의 돈도 남지 않았겠지. 그러니 넌 국가 비용으로 교수형을 당할 거다.

공작 너의 영혼과 우리의 영혼 사이에 얼마나 큰 차이가 있는지를 네가 보도록, 네가 부탁하기 전에 네 목숨을 사해주겠다. 네 재산 절반은 안토니오 것이다. 다른 절반은 국가의 소유가 되지만, 겸손하게 굴면 그건 벌금형으로 낮추어줄 수 있다.

포오샤 그렇네, 국가의 몫은 그렇게 할 수 있네. 하지만 안토니오 몫은 아니네.

샤일록 아니요, 제 목숨과 제 전부를 가져가십시오. 용서하지 마십시오. 집을 지탱하는 재산, 즉 기둥을 가져가시면 집도 가져가시는 겁니다. 제가 사는 수단을 가져가시면 제 생명도 가져가시는 겁니다.

포오샤 그에게 자비를 베풀 텐가, 안토니오?

그라치아노 무료 교수형, 그뿐. 신을 위해서라도.

안토니오 부탁하건대, 주인이신 공작님과 법정 전체가 그의 재산 절반의 벌금을 취소해주시길! 전 만족합니다. 제가 나머지 절반을 가지고 있다가, 그가 죽으면 최근에 그의 딸을 데리고 나간 신사분에게 그것을 주도록 허락해주십시오. 다만 두 가지 조건을 받아들이는 경우에 그렇게 해주시기 바랍니다. 그 자신을 위해 당장 기독교인이 되는 것, 그가 죽을 때 재산을 사위 로렌조와 딸에게 준다는 증서를 써서 법정에 제공한다는 조건이 그것입니다.

공작 그리 하도록. 그렇지 않으면 방금 말한 용서를 철회하겠다.

민기 기독교인이 드디어 사랑, 즉 자비를 베풀었어.

    샤일록의 돈으로 샤일록에게 자비를 베푸는, 기상천외한 사랑법인 거지.

시우 유대교인을 기독교인으로 개종시켜 구제(?)하는 사랑도 보여줬잖니?

은유 아, 유대인과는 다르다는 것을 이렇게 보여주다니!

시우 포오샤의 재판에 대해 얘기해보자. 나는 이 재판에 문제가 있다고 생각해. 재판장의 자격이 없는 사람이 판결을 내렸으니까, 이 재판은 원천무효야.

    '정의'에 어긋난 재판임엔 틀림없지.

시우   그렇다고 샤일록의 태도가 정당화될 순 없어.

은유   당연하지. 다만 샤일록이 그렇게 하는 것은 악마여서가 아니라, 그만큼 당했기 때문이라는 점을 알아야 하는데 그걸 몰라주는 게 문제지.

사람 목숨을 살리기 위해서라면 정의를 유보할 수도 있는 것 아닌가? 재판장인 포오샤가 샤일록의 억울함에까지 마음을 썼으면 더 좋았겠지만.

은유   나도 그런 경우라면 유보할 수 있다고 생각해. 그런데 그 정의는 샤일록에게도 유보되어야 하는 거 아닌가?

시우   유보했기 때문에 공작이 샤일록의 목숨을 살려주었고, 국가로 귀속된 샤일록 재산의 절반을 안토니오가 취소해달라고 하자 공작이 그것 역시 받아들여줬잖아.

은유   그것은 샤일록에겐 너무도 고통스러운 두 가지 조건을 승인하는 걸 전제로 이루어진 것일 뿐이야. "당장 기독교인이 되는 것, 그가 죽을 때 재산을 사위 로렌조와 딸에게 준다는 증서를 써서 법정에 제공한다는 조건"이 그것이지.

게다가 안토니오가 받은 샤일록 재산의 절반은 끝내 샤일록에게 돌아오지 않아. 안토니오 자신이 샤일록이 죽을 때까지 이용하다가, 그가 죽을 때 로렌조에게 준다고 했어.

은유   이 재판은 안토니오에게 엄청나게 큰 이익을 안겨주었어.

샤일록의 돈으로 무역을 해서 몇 배, 몇 십 배 뼁튀기를 해 놓고, 샤일록이 죽으면 그때 원금만 로렌조에게 반환할 거 아니야. 이자는 불법이라고 주장하면서!

시우 로렌조에게도 호박이 넝쿨째로 굴러떨어졌어. 샤일록의 재산으로 다른 사람들이 잔치를 벌인다고나 할까.

민기 샤일록이 죽은 뒤, 샤일록 재산도 로렌조와 그의 부인 공동 소유가 되니까, 로렌조야말로 엄청난 행운을 얻은 거지.

그 당시에 유럽에서 여성은 재산을 자기 명의로 행사할 수 없었으니까, 샤일록 재산의 절반이 로렌조에게 넘어가는 거라고 할 수도 있어요. 이것에 대해서도 생각해보세요. 재판장이 "피 한 방울 흘리지 말고 살덩이만 정확히 일 파운드를 가져가라"고 하자, 샤일록이 살덩이를 포기하고 원금만 받으려 했어요. 그러자 재판장이 그건 안 된다며, 담보물인 살덩이만 가져가라고 했죠. 이 점에 대해선 어떻게 생각하나요?

은유 안토니오가 원금, 심지어는 원금의 세 배로 배상금을 지불하겠다고 했는데, 원금조차 지불하지 못하게 제지하고 내린 판결이란 점에서 나는 문제가 많은 판결이라고 생각해.

민기 나도 재판장이 공정하지 않다고 생각해. 샤일록을 파멸시키기로 작정하고 한쪽 편을 들고 있으니까.

시우   재판장이 아니라 안토니오의 변호사 같아.

민기   '피를 흘리게 해서는 안 된다'는 말은 고발을 당한 사람의 변호사가 할 수는 있어도, 재판관이 해서는 안 되는 말이긴 하지.

변호사가 그런 말을 하면, 재판관은 그 말이 정당한가 그렇지 않은가를 판단해서 판결에 반영할 것인가 말 것인가를 결정할 권한만 있거늘!

시우   가재는 게 편이고, 초록은 동색이란 말이 괜히 생긴 게 아니지.

민기   그렇지. 샤일록을 빼곤 모두가 한편이지. 모두가 기독교인이니까. 심지어 그의 딸조차도 이젠 기독교인이야.

은유   포오샤는 정의 같은 건 아무짝에도 쓸모가 없다고 생각하고 있는 것 같아.

시우   그건 그렇고, '피 한 방울 흘리지 말고 살덩이만 정확히 일 파운드를 가져가야 한다'는 판결은 올바른 판결이라고 할 수 있나?

말을 아주아주 엄밀하게 적용하면 틀린 판결이라고는 할 수 없지.

은유   관습적으로 말을 그렇게 하진 않잖아? '소고기 한 근에 3만 원'이라고 했을 때, 살 속에 들어 있는 피를 빼고 순전히 살덩이만 3만 원이라는 소리는 아니니까. 더구나 거기에는 공기도 들어 있어.

시우　쌀 20kg을 팔 땐, 쌀에 묻은 가루, 쌀과 쌀 사이를 채우고 있는 공기를 빼고 팔아야 한다는 소리지!

민기　법에서 쓰는 말은 보다 엄격하다는 점을 생각해야 하지 않을까?

　　　법률이 사용하는 언어라 하더라도 관습적인 언어 사용을 무시할 수는 없어. 만약 그렇게 하면 법률 적용이 거의 불가능할 거야. 가령 '학원비가 매주 2시간씩 수업하고 한 달에 10만 원'이라고 했다면, 강사가 단어와 단어를 이어가는 사이, 문장과 문장을 이어가는 사이에 쉬는 순간을 가질 수밖에 없는데, 그것은 수업 시간에서 빼야 하는 거야 말아야 하는 거야?

시우　그것도 수업이라고 여겨야지.

민기　말의 엄밀한 의미에서, 그것은 수업이 아니고 쉬고 있는 거지.

시우　말과 말 사이도 수업이라고 여기잖아. 다 그렇게 여기는 걸!

은유　그게 바로 관습이란 거야. 언어는 법률의 적용에 있어서도 관습적으로 적용할 수밖에 없는 거지.

시우　그렇게 하지 않으면 어떤 말도 '확정'할 수 없겠다.

민기 수학은 정확한데, 언어도 그럴 순 없나?

도영샘 실제로 언어가 가진 그런 불명료함 때문에 세상에 갈등과 불화가 생긴다고 여겨서, 언어를 몽땅 수학적인 언어로 바꾸어야 한다고 했던 사람들이 있어요. 그들을 '논리 실증주의자'라고 하는데, 초기의 러셀과 비트겐슈타인 사상이 그거예요. 하지만 논리 실증주의자들은 결국 '언어의 다원성'을 승인할 수밖에 없었어요. 카르납*이 언어에 대해 세운 '관용의 원리'는 수학적인 언어 사용은 불가능한 것임을 고백한 것이나 다름없어요.

그런데 말이야, '안토니오의 살 일 파운드를 담보물로 한다'는 것은 애초에 계약이 성립할 수 없다고 해야 하는 것 아닌가?

은유 불법적인 계약은 계약이라고 할 수 없으니까 무효라고 해야겠지.

시우 자기 콩팥을 담보로 돈을 빌리면, 불법이고 또 무효이듯이 그렇다고 봐야지.

민기 지금은 그렇지만 셰익스피어 시대 때도 그랬을까?

은유 '결투'로 정의와 진실을 결정하는 것을 하나도 이상하게 여기지 않던 때인데, '안토니오의 살 일 파운드를 담보물로

---

* 20세기에 활동한 철학자이다. 기호논리학에 몰두하였다.

한다'는 것이 불법으로 여겨졌겠어?

 '결투'로 정의와 진실을 결정했다고?

민기   그래. 심지어 그것을 '신의 뜻'이라고까지 생각했어. 1800
      년대 초반까지도!

은유   그들이 믿는 신이란 도대체 어떤 신인지, 나 원 참!

민기   샤일록에게도 문제가 있어. 재판의 불공정성을 스스로 제
      기했어야 했는데 그러지 못했거든.

시우   법과 정의는 자신의 권리를 스스로 주장할 때만 누릴 수 있
      다는 건 분명해.

민기   그런 점에서도 '자비'가 필요해.

포오샤 만족하나, 유대인? 할 말 있는가?

샤일록 만족합니다.

포오샤 서기, 증서를 작성하게.

샤일록 부탁하건대, 떠나도록 허락해주십시오. 몸이 안 좋습니다.
      증서를 제게 보내십시오. 제가 서명하겠습니다.

공작   가라, 그러나 반드시 서명해라.

그라치아노 세례를 받을 때 넌 대부가 둘이겠군. 내가 판사였다면
      너에게 열 명*을 더 붙여서 세례 쪽이 아니라, 교수대로 이끌었

---

*   2명에 10명을 더하면 12명이 되는데, 이는 배심원단의 숫자이다.

을 것이다.

(샤일록 퇴장.)

 불쌍한 샤일록, 결국 모든 걸 다 잃었어. 딸은 이미 떠났고, 이제는 재산마저 몽땅 강탈당했어.

은유 재판장 포오샤로부터 "증서를 작성하게"란 말을 듣고, 샤일록이 뱉어낸 말이 가슴을 저릿하게 한다. "부탁하건대, 떠나도록 허락해주십시오. 몸이 안 좋습니다. 증서를 제게 보내십시오. 제가 서명하겠습니다." 샤일록이 서명조차 할 수 없을 정도로 절망한 게 느껴져.

샤일록의 복수심이 이해가 안 되는 건 아니지만, 그는 복수심 때문에 자기가 정말 원하는 걸 잃어버렸다고 생각해. 자기가 '개'가 아니라 '사람'이란 것을 증명할 기회를 놓쳐버렸으니까.

은유 사람일뿐 아니라, 기독교인보다 더 기독교인일 수 있다는 것을 증명할 수도 있었지.

시우 무슨 소리야?

은유 기독교인이 말로만 떠드는 자비를 보여줄 절호의 기회였잖아.

시우 사랑, 즉 자비가 기독교인의 본질인데, 기독교인에겐 자비가 없었어.

민기   맞아. "하느님은 사랑이시다"라고 했거늘!

도영샘   생각해볼 게 있어요. 베니스의 기독교인들이 유대인에게
          자비를 베풀지 않은 건 아니거든요. 유럽의 다른 나라에선
          유대인이 대부분 불법체류 상태로 살았어요. 중세 때 유대
          인 추방령을 내려놓고 그것을 해제하지 않았거든요. 법적
          으로는 불법체류이지만, 법을 집행하지 않고 있는 꼴이었
          던 거죠. 영국도 마찬가지였어요. 그래서 유대인의 재산이
          욕심난다든가 하면, 유대인이 불법체류하고 있다는 것을
          빌미로 삼아 그들의 재산을 강탈하기도 했죠. 그래도 유대
          인은 법에 호소하기가 쉽지 않았죠.

시우   하지만 베니스에선 법정에서 자기 권리를 나름대로는 충
          분히 누렸잖아요?

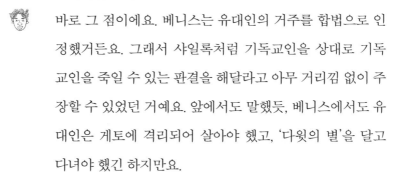 바로 그 점이에요. 베니스는 유대인의 거주를 합법으로 인
          정했거든요. 그래서 샤일록처럼 기독교인을 상대로 기독
          교인을 죽일 수 있는 판결을 해달라고 아무 거리낌 없이 주
          장할 수 있었던 거예요. 앞에서도 말했듯, 베니스에서도 유
          대인은 게토에 격리되어 살아야 했고, '다윗의 별'을 달고
          다녀야 했긴 하지만요.

시우   베니스는 충분히는 아니지만 그 시대 분위기를 감안한다

면 유대인에게 상당히 관대했네.

은유　기독교인이 유대인에게 자비를 베푼 거구나!

민기　그런데 샤일록은 끝까지 기독교인에게 자비를 베푸는 걸 거부했어.

　　　다른 나라의 기독교인들이 유대인을 어떻게 대하는가를 고려하지 않아서 그런 거지.

민기　상대적인 관점을 상실하고, 절대적인 관점에서만 자기 권리와 인권을 바라봤기 때문이라고 할 수 있겠다.

　　　그래서 당시 사람들이 이 작품을 보고서 샤일록이 불쌍하다거나 부당하게 취급받았다고 여기지 않고, 그의 악마적인 복수심에만 주목했나 보다.

민기　'권리를 어느 정도까지 주장할 것인가'에 대해 깊게 생각해 볼 필요가 있겠다.

도영샘　여담이지만 셰익스피어는 베니스의 정치를 꽤 좋아했던 거 같아요. 그의 작품《오셀로》의 배경도 베니스인데, 그곳 법관들이 굉장히 이성적이거든요. 이 작품은 무어인의 장군 오셀로가 아내인 데스데모나의 정조를 의심하여 그녀를 죽이지만, 후에 그의 부관 이아고의 계략이었음을 알고 자살한다는 내용인데요. 이런 관점으로 그 작품을 한번 읽어보세요.

은유·시우·민기   옙!

공작 재판장님, 제 집에서 저녁 식사 하시기를 간청합니다.

포오샤 공작께서 제 결례를 용서해주시길 바랍니다. 저는 오늘 밤 파두아로 급히 가야 합니다.

공작 시간이 없으시다니 유감입니다. 안토니오, 이 신사분에게 보답하게. 이분에게 많은 은혜를 입었으니 말일세. (공작과 그의 무리 퇴장.)

바사니오 고결한 신사분! 저와 제 친구는 당신의 지혜로, 끔찍한 처벌로부터 오늘 무죄를 선고받았습니다. 이에 대해 유대인에게 주려 했던 삼천 두카트로 정중한 노고에 기쁘게 보답하겠습니다.

안토니오 그리고 사랑과 애써주신 것에 있어서 언제나 빚져 있고요.

포오샤 만족스러운 자는 이미 보상받은 셈이지. 나는 자네를 빼냄으로써 만족스럽고, 따라서 제대로 보상받았다고 여기고 있네. 내 정신은 더 많은 돈을 원한 적이 없네. 부탁이 있네만, 다시 만나면 날 기억해주게. 잘 있게. 난 이제 떠나야겠네.

바사니오 친절하신 선생님, 더 강권하는 것을 용서하시기 바랍니다. 보수가 아니라, 헌정으로 우리의 기념물을 가져가시죠. 거절하시지 말 것, 절 용서하실 것, 이 두 가지만 허락해주십시오. 부탁합니다.

포오샤 당신이 그렇게 강권하니 뜻에 따르겠네. (안토니오에게) 자
네의 장갑을 주게. 자네를 위해 끼고 다니겠네. (바사니오에게) 그
리고 자네의 사랑을 위해서는 이 반지를 가져가겠네. 손을 빼지
말게. 더 이상은 가져가지 않겠네. 그리고 사랑으로라도 자네는
이 정도를 거절해선 안 되네.

은유 포오샤의 말이 참으로 난해하다.
민기 그러게. "자네의 사랑을 위해서는 이 반지를 가져가겠네"
란 말에서, 누구와 누구의 사랑을 말한 거지?
       "사랑으로라도 자네는 이 정도를 거절해선 안 되네"의 사
랑은 또 누구와 누구의 사랑이고?
은유 뒤의 사랑은 바사니오와 안토니오의 사랑을 말한 거 아냐?
민기 앞의 사랑은 포오샤 자신과 바사니오의 사랑인가?
시우 그렇게 봐야겠지.
은유 포오샤가 바사니오와 안토니오의 특별한 관계를 눈치 챈
건가?
민기 바사니오가 납상자를 고르기 직전과 안토니오의 죽음이
현실이 되려는 순간, 두 번 포오샤가 바사니오를 의심할 상
황이 전개되긴 했지.

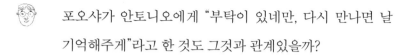

포오샤가 안토니오에게 "부탁이 있네만, 다시 만나면 날 기억해주게"라고 한 것도 그것과 관계있을까?

민기 안토니오 너는 나에게 빚졌으니까, 바사니오와의 관계에서 그 점을 기억해달라는 말 같아.

시우 포오샤 내심의 소리는 그랬을 것 같다.

그런데 반지를 바사니오에게서 빼앗는(?) 것은 무슨 속셈에서 그랬을까?

민기 지켜보면 알게 돼.

바사니오 아아 착한 선생님, 이 반지는 하찮은 겁니다! 창피스러워서 이걸 드리진 못하겠습니다.

포오샤 난 꼭 이것만을 갖겠네. 생각해보니 내 마음에 꼭 드는군.

바사니오 이것엔 가격보다도 중요한 게 달려 있습니다. 베니스 최고의 반지를 드리겠습니다. 여기저기 소문을 내서라도 구하겠습니다. 간청하건대 이것만은 용서해주십시오.

포오샤 그래, 자네는 말만 후한 사람인가 보구려. 내게 부탁하는 법을 가르치곤, 지금 생각해보니 거지가 구걸하는 법도 가르쳐주는군.

바사니오 선한 선생님, 이 반지는 아내가 준 것입니다. 저는 팔지도, 주지도, 잃지도 않겠다고 그녀가 끼워줄 때 맹세했습니다.

포오샤 많은 남자들이 그런 핑계로 선물을 아끼지. 자네의 아내가 미친 여자라면 모를까, 내가 얼마나 반지를 받을 자격이 있는지 안다면, 내게 줬다고 해서 언제까지나 원망하진 않을 거네. 그럼, 평화가 함께하길!

(포오샤와 네리사 퇴장.)

 《베니스의 상인》은 여기서 끝나야 한다고 생각하지 않니?

은유 이 작품이 유대인의 악마성을 다룬 것이든, 인종적인 혐오에 대한 비판을 다룬 것이든, 여기서 끝냈어야 한다고 나도 생각해.

민기 그런데 이제 겨우 5막 중 4막이 끝났어. 왜 그렇게 했지?

은유 셰익스피어는 이 작품이 유대인과 관련한 것만을 다루고 있는 게 아니란 걸 말하고 싶었던 게 아닐까?

시우 아직 무슨 문제가 남았나?

민기 안토니오와 바사니오, 바사니오와 포오샤, 네리사와 그라치아노의 사랑 문제도 남았고, 제시카와 로렌조의 사랑과 현실도 남았잖아.

은유 이제 겨우 샤일록 한 명만 무대에서 내려갔고, 나머지는 아직도 무대에서 역할을 보여줘야 한다는 말이네.

민기 무대를 내려간 샤일록에 대해 좀 더 얘기를 해보자. 어떤 취급을 받으면, 샤일록처럼 사람을 죽여버리고 싶을까? 엄청나게 손해를 보면서까지 말야!

도영샘　셰익스피어가 그의 희극 《뜻대로 하세요》에서 광대인 터치스톤의 말을 빌려, 자신이 죽거나 상대편을 죽이는 결투를 하게 되는 경우를 말한 적이 있어요. 상대로부터 '간접적 인격 부정'을 넘어, '직접적'으로 인격을 부정당했을 때, 결투를 해서라도 그 사람을 죽여버리고 싶은 마음이 생긴다고 했죠.

혹시 셰익스피어는 반인종주의자였던 거 아닐까? 반유대주의나 혐오주의를 비판적으로 바라봤던 사람 말이야.

은유　그런 것 같지는 않아. 아무리 사람 취급을 못 받았다 하더라도, 샤일록처럼 법의 힘을 빌려 사람을 죽이려고 하는 것은 정당성을 인정받을 수 없거든.

민기　게다가 이 작품의 겉에 드러난 것은 유대인 샤일록의 악마성이야. 물론 하나하나 뜯어보면 다르지만!

시우　반인종주의자도 아닌 그가 어떻게 유대인 샤일록의 울분을 그렇게 잘 그려낼 수 있었을까?

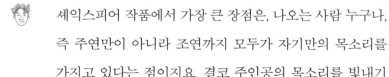
셰익스피어 작품에서 가장 큰 장점은, 나오는 사람 누구나, 즉 주연만이 아니라 조연까지 모두가 자기만의 목소리를 가지고 있다는 점이지요. 결코 주인공의 목소리를 빛내기

위해 조연이 있는 것이 아니에요. 그러니 당연히 유대인의 목소리도 있어야 했던 거죠. 그런 점에서 셰익스피어는 철저한 현실주의자라 할 수 있어요. 셰익스피어가 철학을 불신한 것도 그 때문일 거예요. 철학은 대체로 이상과 체계, 중심을 가지기에 현실성과는 아무래도 거리가 있거든요. 그의 작품 전체에 걸쳐 철학이라는 말이 14번 나오는데, 하나같이 부정적인 의미로 사용되었다고 하네요.*

시우　주인공만이 아니라 조연조차도 당당히 제 목소리를 내는 것과, 철학을 부정적으로 여긴 것 사이엔 관계가 있겠다.

　　　셰익스피어는 '광대'로 하여금 '심오한 진실'을 말하게 한 경우가 많아. 심오한 말을 하는 철학자가 아니라, 현실을 현실대로 보는 눈을 가진 광대 같은 사람이 진실을 안다고 말하고 싶어서 그런 것 같아.

은유　철학은 체계화하고 규정하니까 아무래도 현실을 배제하는 측면이 생길 수밖에 없겠지.

안토니오　바사니오, 그에게 반지를 주게. 그분의 자격과 내 사랑을 합하면, 그대 아내의 명령보다 무게가 더 나가지 않을까?

바사니오　가게, 그라치아노. 뛰어가 그분을 따라잡게. 그에게 반지

---

* 　오다시마 유시 지음, 장보은 옮김, 《셰익스피어 인간학》, 말글빛냄, 2011, 64쪽.

를 주고, 할 수 있다면 안토니오의 집으로 모셔오게. 빨리, 서두
르게. (안토니오에게) 이리 오게, 그대와 나는 그곳으로 바로 가세.
그리고 이른 아침에 우리 모두 벨몬트로 날아가는 거야. 가세나,
안토니오.

(퇴장.)

민기   안토니오는 왜 그 반지를 줘버리라고 했을까? 그는 그 반
      지가 어떤 반지인지를 분명히 알고 있는데 말야.

은유   그 반지가 바사니오의 손에서 사라지길 원해서가 아닐까?
      의식적이든, 무의식적이든!

시우   드디어 바사니오가, 포오샤가 아니라 안토니오 쪽으로 기
      울어지고 말았어.

2장

베니스 거리

(포오샤와 네리사 등장.)

포오샤 유대인의 집을 알아보고, 그에게 이 증서를 주어 서명하게 해! 우리는 오늘 밤 떠나, 남편들보다 하루 먼저 집에 도착할 거야. 로렌조는 이 증서를 반가워하겠지.

(그라치아노 등장.)

그라치아노 공정하신 판사님, 제가 다행히 따라잡았네요. 주인 바사니오가 조언에 따라 당신께 이 반지를 보내고 저녁 식사를 함께하도록 간청했습니다.

포오샤 그건 안 되네. 그의 반지는 고맙게 받았다고 전해주게. 그리고 부탁이네만, 이 청년에게 늙은 샤일록의 집을 알려주게.

그라치아노 알겠습니다.

네리사 선생님, 드릴 말씀이 있습니다. (포오샤에게 방백) 저도 제 남편의 반지를 뺏을 수 있는지 시도해보려고요. 저도 남편에게 이 반지를 영원히 간직하겠다고 맹세시켰거든요.

포오샤 (네리사에게 방백) 빼앗을 수 있을 거야, 틀림없어! 남자들이 늘 변명하듯, 남자에게 반지를 빼주었다고 말하는 묵은 맹세를 우리는 듣겠지. 하지만 우린 그들에게 무안을 주고, 그들을 악담으로 눌러버리자. (크게) 빨리 서둘러라. 내가 어디 머무를지는 알 테고.

네리사 가시죠, 선생. 그 집을 알려주시겠습니까?

(퇴장.)

5막

1장

벨몬트, 포오샤 집을 향한 거리

(로렌조와 제시카 등장.)

로렌조 달이 밝네요. 이런 밤, 달콤한 바람이 나무에 부드럽게 입을 맞추고, 고요한 이런 밤, 연인 크레시다가 누워 있는 그리스 군 막사를 향해 트로일러스*가 트로이의 벽을 오르며 한숨지었을 밤이 이랬을 거예요.

제시카 이런 밤, 티스베가 두려워하며 찬 이슬을 밟으며 연인을 만나러 갔으나, 애인을 만나기 전에 먼저 사자의 그림자를 보아 경악해 달아났던 밤이 이랬을 거예요.

로렌조 이런 밤, 물결이 세차게 몰아치는 해안가에서 디도가 버드나무 가지를 들고 연인에게 돌아오라고 손짓했던 밤이 이랬을 거예요.

* 이들에 관한 얘기는 뒤에서 간략하게 다루었다.

제시카 이런 밤, 메데이아가 마법에 걸린 약초를 모아 늙은 시아버지인 아이손을 젊게 해주었던 밤이 이랬을 거예요.

별빛이 쏟아지고, 달빛이 연하게 물들이며, 달콤한 바람이 애무하는 밤에 운율에 맞춰 조잘대는 연인의 모습이, 한 폭의 수채화다.

은유 분위기는 그래. 하지만 연인이 주고받은 말치고는 엉뚱하다고 생각하지 않니?

시우 그러고 보니 한숨, 사자의 그림자, 경악, 돌아오라는 손짓 등은 연인이 나눌 밀어라고 하기엔 이상해. 연인들과는 어울리지 않는 말뿐이야.

민기 연인 크레시다가 그리스 진영에 잡혀가자 트로일러스는 연인을 그리워하며 그리스 진영으로 갔으나, 크레시다는 이미 적장에게 푹 빠져 그와 사랑을 나누는 장면이 사랑하는 연인 사이에 등장할 얘기는 아니지.

트로일러스와 크레시다 이야기는 셰익스피어 당대에 많이 알려진 중세의 이야기인데, 셰익스피어는《베니스의 상인》을 짓고 5년 쯤 뒤에《트로일러스와 크레시다》란 작품을 지어요. 그만큼 셰익스피어가 이 이야기에 연극적인 매력을 느끼고 있었다는 소리죠.

시우   쌤,《트로일러스와 크레시다》의 주제는 뭐죠?

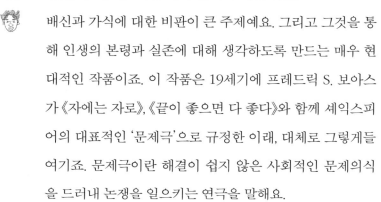   배신과 가식에 대한 비판이 큰 주제예요. 그리고 그것을 통해 인생의 본령과 실존에 대해 생각하도록 만드는 매우 현대적인 작품이죠. 이 작품은 19세기에 프레드릭 S. 보아스가《자에는 자로》,《끝이 좋으면 다 좋다》와 함께 셰익스피어의 대표적인 '문제극'으로 규정한 이래, 대체로 그렇게들 여기죠. 문제극이란 해결이 쉽지 않은 사회적인 문제의식을 드러내 논쟁을 일으키는 연극을 말해요.

은유   로렌조와 제시카의 사랑이 배신과 가식을 품고 있다는 밑밥을 깔아 놓는 말인가?

시우   티스베 이야기도 해주면 좋겠다.

오비디우스가 지은《변신 이야기》에 나오는 티스베와 피라모스의 사랑 이야기인데, 셰익스피어가 이 이야기를 바탕으로《로미오와 줄리엣》을 썼다고 해.

시우   이루어질 수 없는 사랑, 비극으로 끝날 몸부림이란 소리네.

민기   그래. 티스베와 피라모스는 집안의 반대를 무릅쓰고 사랑을 해서, 밤에 몰래 만나기로 했지. 약속 장소에 티스베가 먼저 도착했는데, 그곳에 사자의 그림자가 나타나는 게 아니겠어. 그래서 냅다 도망갔지. 그러다 머플러가 떨어졌어. 내버려두고 계속 달렸지. 피라모스가 나중에 약속 장소에

도착했지만, 티스베는 없고 찢어발겨진 그녀의 머플러만 있는 거야. 피라모스는, 티스베가 사자에게 죽임을 당했다고 여겨 자결을 하고 말지.

도영샘 메데이아와 이아손 이야기도 배신과 잔혹한 복수로 핏빛이 낭자하긴 마찬가지예요. 메데이아가 약초를 써서 시아버지를 젊게 만들어주는 그때, 메데이아와 남편 이아손은 행복한 듯하죠. 하지만 그들에겐 참혹함이 기다리고 있었어요. 이아손이 코린토스 왕의 딸 글라우케와 사랑에 빠지게 되어, 메데이아와 헤어지고 글라우케와 결혼식을 올리려 하죠. 그러자 분노한 메데이아는 신부 글라우케와 그녀의 아버지는 물론, 메데이아 자신과 이아손과의 사이에서 낳은 자식들까지 살해해버리지요.

달콤한 사랑 이야기를 나누어도 시간이 모자랄 판에 이 두 사람은 어쩌자고 배신과 음모, 복수 얘기를 계속하고 있지?

은유 그들 사랑에도 그런 그림자가 어른거리는 걸 알고 있으니까.

민기 이 작품에 나오는 사람들이 다 문제적인데 이 쌍만 그러지 않을 리 없지.《베니스의 상인》도 문제극으로 분류하는 게 맞겠다.

도영샘 　그렇게 분류하는 학자도 꽤 있어요.

로렌조 이런 밤, 제시카가 부유한 유대인에게서 훔치고 낭비벽 있
는 연인과 베니스로부터 벨몬트까지 달아났던 밤이 이랬지요.
제시카 이런 밤, 젊은 로렌조가 참된 서약은 없이, 믿음의 서약을
수차례 하여 그녀의 영혼을 훔쳤던 밤이 이랬지요.
로렌조 이런 밤, 예쁜 제시카가 작은 잔소리꾼처럼 연인을 비방했
지만, 그는 용서해주었던 밤이 이랬지요.
제시카 아무도 오지 않는다면 전 밤도 샐 수 있어요. 그런데 발소
리가 들려요.

시우 　　사랑할 땐 연인의 낭비벽도, 잔소리도 다 종달새의 치장으
　　　　로 보이고 꾀꼬리의 노랫소리로 들리지~.
(그림) 　그것들이 평생 다른 힘은 발휘하지 않고, 그 정도에서만 머
　　　　물러 인생에 양념이 되어줄 거라 무모하게 믿지만, 거기서
　　　　끝나는 경우는 끝내 없지~.
민기 　　그것들이 자기를 주장하기 시작하는 순간, 배신과 음모, 잔
　　　　혹한 복수의 칼날을 들이밀지 않고서는 끝나지 않는 게 연
　　　　극이지~.
시우 　　삶도 마찬가지 아닌지~.

(스테파노 등장.)

로렌조 고요한 밤에 누가 이리 빠르게 온단 말인가?

스테파노 친구입니다.

로렌조 친구라! 누구? 부탁하건대 이름이 뭔가, 친구여?

스테파노 제 이름은 스테파노입니다. 말씀을 전하자면 제 여주인께서 동트기 전에 벨몬트에 오실 겁니다. 여주인께선 이곳저곳 교회에 들러 행복한 결혼 생활을 무릎 꿇고 기도하고 계십니다.

로렌조 누가 그녀와 같이 오나?

스테파노 성스러운 은자 한 분과 시녀뿐입니다. 바깥주인님께서는 돌아오셨습니까?

로렌조 아니, 안 돌아오셨네. 우린 들어가지요, 제시카! 그리고 여주인을 위한 환영식을 예식에 따라 준비합시다.

(란슬롯 등장.)

란슬롯 여기, 여기! 우, 하, 호! 여기, 여기!

로렌조 누가 부르는가?

란슬롯 여기! 로렌조 선생을 보았나? 로렌조 선생, 여기, 여기!

로렌조 그만 불러라, 이 녀석아. 여기 있다.

란슬롯 여기? 어디? 어디?

로렌조 여기다.

란슬롯 그에게 전해주시오. 뿔피리에 좋은 소식을 가득 채운 편지가 내 주인으로부터 왔다고! 내 주인께서 아침 전에 도착하실 것이오. (퇴장.)

로렌조 내 사랑, 들어가서 그들의 도착을 기다리죠. 아니, 상관없을 것 같아요. 친구 스테파노, 집 안으로 들어가서 여주인께서 곧 오신다고 전해주고, 야외에서 음악을 연주해달라고 악사들에게 말해주게. (스테파노 퇴장.) 달빛이 언덕에 이렇게나 아름답게 머물러 있다니! 우리 여기 앉아 음악이 귓가에 울려오는 걸 들읍시다. 밤이 부드러운 고요와 만나 환상적인 화성을 낼 거예요. 앉아요, 제시카. 하늘의 계단이 얼마나 밝은 금색 원반들로 두껍게 세공되었는지 보세요. 당신이 보는 가장 작은 별조차 어린 눈을 가진 천사같이 음악에 맞춰 노래 부르는걸요. 이런 화음은 불멸의 영혼 속에 있죠. 하지만 부패하는 진흙 옷에 단단히 갇히면 우리는 그걸 듣지 못해요. (악사들 등장.) 오라, 호! 다이애나 여신을 찬가로 깨워라. 가장 달콤한 연주로 여주인의 귀를 매혹하고, 음악으로 그녀를 집으로 인도하라. (음악.)

제시카 달콤한 음악을 들으면, 난 즐겁지가 않아요.

로렌조 그건 당신의 영혼이 너무 예민하게 다른 데 정신이 팔려 있기 때문이에요. 거칠고 난잡한 무리를, 아니면 아주 높이 뛰어오르고, 소리 지르고, 크게 울부짖는 젊고 길들지 않은 수컷망아지 떼를 보세요. 그들 피가 뜨거워서 그러고 있는 거죠. 하지만 그들이 어쩌다 트럼펫 소리를 듣거나 어떤 음악이 그들의 귀를 건드리면, 음악의 아름다운 힘에 의해 사나운 눈이 부드러운 눈빛으로 바뀌죠. 그러니 시인 오비디우스가, 음악의 천재 오르페우스가 나무·바위·강을 끌어당겼다고 읊었던 거죠.* 아무리 어리석고, 냉정하고, 난폭한 것도 음악이 흐르는 동안은 본성을 바꿔 놓죠. 달콤한 음악이 만들어내는 하모니에 감동하지 않는 사람은 반역, 술수, 약탈에나 어울려요. 그런 사람의 영혼은 밤처럼 칙칙하고, 애정은 에레보스**처럼 어둡죠. 그런 사람 믿지 마세요. 그러니 음악을 들으세요.

(포오샤와 네리사 등장.)

포오샤 저 불빛은 내 집 현관에서 나오는 거야. 작은 촛불이 멀리도 빛을 비추는구나! 선행 역시 사악한 세상에서 저렇게 빛나지.

네리사 달이 비칠 때는 저 촛불을 보지 못했어요.

포오샤 더 큰 영광은 덜한 영광을 어둡게 하니까. 대리자가 왕처럼 빛나는 것은, 왕이 가까이 오기 전까지만 그렇지. 개울물이 바다로 들어가 없어지는 것처럼 말이야. 들어봐, 음악이야!

네리사 집에서 들려오는 마님 댁 음악이에요.

포오샤 맥락을 존중하는 것보다 더 중요한 건 없어. 낮보다 더 아름

---

* 오비디우스는 고대 로마의 시인이고, 오르페우스는 고대 신화에 나오는 악사이다.
** 그리스 신화에 나오는 어둠의 신이다.

답게 들리는 것 같구나.

네리사 고요가 그 가치를 부여하죠, 아씨.

포오샤 까마귀는 아무도 없을 때 종달새처럼 아름답게 노래하지. 만약 모든 거위가 꽥꽥거리는 낮에 밤꾀꼬리가 노래한다면 참새보다도 낫지 않게 여겨질 거야. 적절한 때를 만나 자신이 가진 것을 진정 완성할 수 있을 때라야, 그에 걸맞은 칭찬을 받을 수 있는 게 세상만사지! 잠깐, 호! 달이 엔디미온*과 잠든 채 깨어날 기미도 없구나. (음악이 그친다.)

로렌조 저 목소리는, 내가 속은 게 아니라면 포오샤의 목소리군.

포오샤 그는 장님이 뻐꾸기를 알 듯, 내 흉한 목소리로 나를 알아보는구나.

로렌조 소중한 숙녀분, 돌아오신 걸 환영합니다.

포오샤 우리는 남편들의 안녕을 기도했어요. 기도 덕분에 더 좋아졌기를, 그런데 두 분은 돌아왔나요?

로렌조 부인, 그들은 아직 돌아오지 않았습니다. 그러나 두 분이 곧 온다는 전갈은 왔습니다.

포오샤 들어가, 네리사. 그들이 우리가 집을 비운 걸 언급하지 않도록 하인들에게 지시해라. 로렌조, 당신도요. 제시카, 당신 역

---

* 그리스 신화에 나오는 목동이다. 달의 신 셀레네가 그에게 반하여 제우스에게 부탁해 그를 영원히 잠자게 만들었다.

시! (나팔 소리가 울린다.)

로렌조 부인 남편이 거의 왔군요. 그의 트럼펫 소리가 들립니다. 우린 고자질하지 않습니다, 부인. 걱정 마세요.

포오샤 이 밤은 햇빛이 병든 밤이군요. 더 창백해 보여요. 오늘은 해가 구름에 가려진 날 같군요.

(바사니오, 안토니오, 그라치아노, 그리고 그들의 무리 등장.)

바사니오 태양이 없더라도 그대가 태양 대신 걸어 다닌다면, 우리는 지구 반대편 사람들과도 낮을 함께할 수 있을 거요.

포오샤 빛을 주는 건 좋지만 가볍게 되는 건 싫어요. 가벼운 아내는 남편을 침울하게 만드니까요. 바사니오가 저 때문에 그러면 안 되죠. 하지만 신께서 알아서 하시길! 집에 온 걸 환영해요, 주인이여.

바사니오 고마워요, 부인. 내 친구에게 인사해요. 이 사람이에요. 이 이가 내가 한없이 매여 있는 안토니오예요.

포오샤 그대는 이분에게 정말 많이 매여 있죠. 듣자니, 이분이 당신 때문에 심하게 매여 있었다더군요.

안토니오 무죄를 선고받아 더 이상은 아닙니다.

포오샤 저희 집에 오신 걸 환영합니다. 환영은 말만이 아니라, 다른 방식으로도 나타나야 하니까 인사치레는 이만하겠습니다.

그라치아노 (네리사에게) 저 달에 맹세코 당신은 날 오해하고 있어요.

정말, 난 판사의 서기에게 주었어요. 당신이 그걸 마음에 크게 받아들이니, 그 반지를 가져간 자가 고자나 되어버렸으면 좋겠네요.

포오샤 사랑싸움하시나. 호, 벌써! 뭐가 문제죠?

그라치아노 금 고리 하나 때문입니다. 그녀가 내게 준 보잘것없는 반지지요. 거기에 새겨진 말은, 정말이지 칼 장수가 새긴 것 같은 허접한 격언이었죠. "날 사랑해주고, 날 떠나지 말아요."

네리사 격언이나 가치 얘기를 왜 하죠? 내가 주었을 때 당신은 죽을 때까지 끼고 무덤에 같이 묻힐 거라고 맹세했죠. 내가 아니라 당신의 격렬한 맹세를 위해서라도, 당신은 그걸 존중하고 간직했어야죠. 판사 서기에게 주다니! 아니, 내 판사는 신이에요. 그 서기는 얼굴에 털이 나지 않을 거예요.

그라치아노 그가 남자라면 날 거요.

네리사 아, 여자가 남자가 되었다면.

그라치아노 자, 이 손에 맹세코 내게 보수로 그걸 달라 간청한 청년, 아니 한 소년, 작고 볼품없는 소년, 당신보다 크지 않은 판사의 서기, 수다스러운 소년에게 주었어요. 차마 그걸 거절할 수 없었어요.

포오샤 솔직히 말하자면 당신께서 잘못하셨네요. 아내의 첫 선물을 그렇게 쉽게 떠나보내다니요. 맹세로 당신 손가락에 묶여, 믿음으로 살과 하나가 되었던 것이잖습니까. 전 제 사랑에게 반지를 주고 절대 떠나보내지 않겠다고 맹세하게 했습니다. 여기 그가 있습니다. 저는 맹세할 수 있어요. 세상에 존재하는 모든 부를 위해서도 그가 그걸 떠나보내지도 손가락에서 뽑지도 않으리라는 걸! 지금 정말, 그라치아노, 당신은 무정하게도 아내를 슬픔에 빠지게 했군요. 제 일이었다면 전 미쳐버렸을 겁니다.

바사니오 (방백) 아니, 내 왼손을 자르고, 반지를 지키려다 왼손을 잃었다고 맹세할 걸 그랬군.

그라치아노 주인 바사니오도 반지를 줬어요. 판사는 정말 받을 자격이 있었습니다. 그리고 재판을 기록하느라 고생한 소년, 그의 서기가 제 걸 원했습니다. 서기와 판사 모두 우리 반지만을 원했습니다.

포오샤 어떤 반지를 주었지요, 주인이여? 제게 받은 건 아니리라 믿습니다.

바사니오 잘못에 거짓말을 붙일 수 있다면 부정했을 거요. 하지만 보듯이 내 손가락엔 그 반지가 없소. 그걸 주었네요.

포오샤 당신의 거짓된 마음속 진실은 그렇게 공허하군요. 하늘에 맹세코, 저는 반지를 보기 전엔 당신 침대에 가지 않겠어요.

네리사 저도 제 것을 보기 전엔 당신 침대에 가지 않을 거예요.

바사니오 상냥한 포오샤, 내가 누구에게 반지를 주었는지 당신이 알았다면, 내가 누구를 위해 반지를 주었는지 당신이 알았다면, 그리고 무엇을 위해 반지를 주었는지, 그가 그 반지 외엔 아무것도 받아들이지 않아서 어쩔 수 없이 주었는지를 안다면, 당신의 불쾌감은 많이 누그러질 거예요.

포오샤 반지의 가치를, 아니 반지를 준 사람의 가치의 절반이라도, 그것도 아니라면 반지를 간직하는 스스로의 명예라도 당신이 알았다면, 당신은 반지를 줘버리지 않았을 거예요. 당신이 모든 수단을 다 써서 막으려 하는데, 신성한 사랑의 표지를 도대체 어떤 사람이 그걸 기념품으로 가지겠다고 조를까요? 뭘 믿어야 하는지 네리사가 가르쳐주는군요. 그 반지 때문에 제가 죽더라도, 어떤 여자는 그걸 갖고 있겠죠.

바사니오 내 명예를 걸고 아니에요, 부인. 내 영혼에 맹세코 여자가 가진 게 아니에요. 그 판사가 삼천 두카트를 거부하고 내게 반지를 간청했어요. 난 거절했죠. 소중한 친구의 생명을 살려준 그가 불쾌해하며 떠나서 나는 고통 받았지요. 뭐라고 하겠어요, 상냥한 부인? 뒤쫓아 가 그에게 반지를 주라고 할 수밖에 없었어요. 예의를 모른다는 생각에 수치스럽고 괴로웠지요. 내 명예를 배은망덕으로 더럽힐 수 없었어요. 용서해줘요, 착한 부인. 밤의 축복받은 이 촛불들에 맹세코, 당신께서 거기 있었다면, 그 훌륭한 박사에게 반지를 주라고 당신이 간청했을 거예요.

포오샤 그 박사가 이 집 근처에 오게 하지 마세요. 당신이 날 위해 간직하겠다고 맹세했던 것을 그가, 내가 사랑하는 것을 가졌으니, 나도 당신처럼 자유로워질 거예요. 내가 가진 무엇도 그에게 거절하지 않겠어요. 내 몸도, 내 남편 침대도요. 그를 알겠네요, 확신해요. 하루도 집 밖에서 눕지 마세요. 눈이 백 개 달린 아르고스*처럼 나를 지키세요. 그렇지 않고 내가 혼자면, 자, 아직 내 것인 내 명예를 걸고 그 박사와 같이 잘 테니까요.

네리사 나는 그 서기와 잘 거예요. 그러니 날 스스로 보호하도록 내버려두면 어떻게 될지 생각해보세요.

그라치아노 그래, 그래요. 그가 나에게 붙잡히지 않도록 해야 할 거요. 붙잡게 되면, 그 어린 서기의 펜**을 부러뜨릴 테니까.

 포오샤와 네리사는 자기가 해 놓고, 왜 이렇게 남편들을 잡도리하려 드는 걸까?

은유 심오한 뜻이 있겠지?

민기 함정을 파 놓고, 빠진 사람보고 빠졌다고 닦달하는 것은 정의롭지도 자비롭지도 않은데~.

---

* 그리스 신화에 나오는 눈 많은 거인이다.

** pen과 penis의 발음이 닮은 걸 가지고 이중적인 의미로 사용하였다.

안토니오 제가 이 언쟁의 불행한 원인이로군요.

포오샤 괴로워하지 마세요. 그럼에도 당신은 환영이에요.

바사니오 포오샤, 이 강요된 잘못을 용서해줘요. 그리고 이 많은 친구들이 듣는 앞에서 나는 당신께 맹세하고, 내 자신이 비치는 그대의 아름다운 두 눈에……

포오샤 잠깐만요! 내 두 눈에 그대는 두 번, 이중으로 스스로를 바라보죠. 각각의 눈에 하나씩, 두 명의 자신에게 맹세하면 그것, 참 신용할 만한 맹세이겠군요.

바사니오 아니, 들어줘요. 이번 잘못을 용서해줘요. 당신과의 맹세는 절대 깨뜨리지 않겠다고 내 영혼에 맹세하겠어요.

안토니오 전 그의 재산을 위해 한 번 몸을 빌려주었습니다. 그 몸은 부인 남편의 반지를 가진 사람이 아니었다면 부서졌을 겁니다. 제 영혼을 담보로, 부인의 주인이 다시는 맹세를 깨뜨리지 않을 것이라고 제 영혼을 담보로 걸겠습니다.

포오샤 그럼 당신께서 보증인이 되겠군요. 그에게 이걸 주고 이전 것보다 잘 간직하도록 부탁해주세요.

은유 이거였어. 포오샤가 바사니오를 계속 밀어붙인 까닭이!

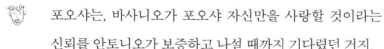 포오샤는, 바사니오가 포오샤 자신만을 사랑할 것이라는 신뢰를 안토니오가 보증하고 나설 때까지 기다렸던 거지.

시우   안토니오의 사랑을 그렇게 단념시킨 거구만.

안토니오 여기, 주인 바사니오. 이 반지를 간직하겠다고 맹세하게.

바사니오 하늘이여, 맙소사. 내가 박사에게 준 반지와 똑같잖아!

포오샤 제가 그에게서 받았어요. 용서해요, 바사니오. 이 반지를
주고 박사가 저와 누웠거든요.

네리사 나도 용서해줘요, 친절한 그라치아노. 그 볼품없는 소년,
박사의 서기가 이 반지 대신에 지난밤 저와 누웠어요.

그라치아노 아니, 이건, 길이 충분히 부드러운데도 여름에 길을 내
는 것 같군. 아니, 우리가 얻기도 전에 아내가 바람난 건가?

포오샤 그렇게 추잡한 말은 하지 마세요. 혼란스러우셨을 텐데, 여
기 편지가 있어요. 편할 때 읽어보세요. 파두아의 벨라리오가 보
낸 겁니다. 포오샤가 그 박사였고, 네리사가 그 서기였던 걸 발
견하실 겁니다. 여기 로렌조가 제가 당신들만큼 일찍 떠났다가
이제야 돌아왔다고 증언할 거예요. 전 아직 집에 들어가지도 못
했어요. 안토니오, 환영합니다. 당신이 예상하는 것보다 더 좋은
소식이 제게 있답니다. 이 편지를 열어보세요. 상선 세 척이 진
귀한 것을 가득 싣고 갑자기 항구에 도착했다고 하네요. 어떤 특
이한 인연으로 제가 이 편지를 받았는지는 당신께 말씀드리지
않겠어요.

안토니오 무슨 말을 하고 있는지 도통 모르겠군요.

바사니오 그대가 박사였는데, 내가 그대를 알아보지 못했다고요?

그라치아노 당신이 내 아내와 바람난 서기였다고요?

네리사 그래요. 하지만 그럴 마음이 없는 서기죠. 그가 남자가 되지 않는다면 말이에요.

바사니오 상냥한 박사님, 제 침대를 같이 쓰시죠. 제가 없을 땐 제 아내와 누우십시오.

은유　　포오샤가 바사니오에게 '자비'를 베푼 것이라고 봐야 하나?

민기　　그렇지. 바사니오가 포오샤에게 접근한 의도와 행태에 맞는 몫, 즉 '정의'를 적용한다면 포오샤는 그를 버리는 게 맞지만 말이야.

　　　　포오샤는 바사니오에겐 자비를 베풀었으면서도 왜 샤일록에게는 그토록 무자비했을까? 더구나 그녀는 샤일록에게 자비의 위대함을 역설하며, 그것을 베풀라고 요구까지 해놓고 말이야.

시우　　포오샤는 공작과 바사니오가 샤일록에게 베푼 자비만으로도 충분하다고 여기지 않았을까?

민기　　샤일록도 자신이 '자비'의 은혜를 입었다고 여길까? 기독교

로 개종해야 함과 동시에, 자기 재산의 반은 안토니오에게
있다가 샤일록 자신이 죽으면 안토니오의 친구 로렌조에게
넘어가고, 나머지 반은 자기가 운용하기는 하지만 죽을 때
반드시 로렌조와 그의 부인 제시카에게 물려줘야 한다는
조건이 달렸는데도 말이야. 더구나 제시카는 한때는 그의
딸이었지만, 지금은 인연의 끈이 영영 잘려버린 상태야.

은유 정의(자기 몫)만을 끝까지 추구하면 어떤 일이 발생한다는
것을 강렬하게 보여주고 싶어서 그런 게 아닐까? 샤일록은
자비를 받을 자격이 없다고 판단했던 거고.

시우 그건 모순이야. 자비는 자격이 있어서가 아니고 무조건 베
풀 때 자비이니까.

포오샤가 상큼 발랄하며 지적인 사람인 것은 틀림없지만,
그녀 역시 유대인에 대한 편견에서 자유롭지 못해서 그런
거라고 봐. 주변이 온통 유대인에 대한 혐오만 있으니 그녀
라고 별수 있었겠어.

하기야 유대인의 딸조차도 유대인 아버지를 혐오하는 분
위기이니, 포오샤가 그것에서 자유롭기는 정말 어려웠을
것 같기는 하다.

은유 환경과 제도가 인간에게 어느 정도 영향을 미치는가를 보
여주는 좋은 본보기야.

안토니오 상냥한 부인, 부인께선 제게 생명과 삶을 주셨습니다. 제 배들이 안전히 항해했다고 확실히 읽었습니다.

포오샤 잘 지냈나요, 로렌조! 제 서기가 당신을 위해 좋은 소식을 가져왔어요.

네리사 그래요, 여기 당신과 제시카에게 그 부유한 유대인의 사후, 그의 전 재산을 양도받는다는 증여서를 수수료도 받지 않고 줄 게요.

로렌조 아름다운 숙녀분들, 당신들께선 굶주린 백성에게 만나*를 내려주시는군요.

포오샤 아침이 다 되었군요. 하지만 전 당신들이 아직 이 사건을 완전히 이해하지 못했다고 확신합니다. 들어가시죠. 들어가서 우리에게 맹세시키고 심문하세요. 우리가 모두 정확히 대답해드리겠습니다.

그라치아노 그러지요. 첫 질문으로, 나의 네리사가 맹세해야 할 건, 오늘 밤까지 그녀가 기다릴 것인가, 아니면 지금 침대로 갈 것인가입니다. 낮까지 두 시간이 남았으니까, 낮이 오면 저는 박사의 서기와 대화하려고 어두워지길 바랄 겁니다. 아무튼, 살아있는 동안 네리사의 반지를 안전하게 지키는 것보다 더 염려해야 할 일은 없는 것 같네요. (퇴장.)

---

* 유대인이 출애굽할 때, 광야에서 굶주리자 하느님이 매일 내려주었다는 음식이다.

은유	이제 안토니오는 무슨 낙으로 살지?
시우	그러게. 솔라니오가 이렇게 말했는데. "안토니오는 오로지 바사니오 때문에 세상을 사랑하는 것 같네."라고.
민기	바사니오는 방탕하게 놀던 버릇을 고칠까?
시우	로렌조는 낭비벽을 고칠까?
	오히려 그것을 맘껏 누리고 채우겠지. 상상도 못한 돈이 굴러왔고, 샤일록이 죽으면 또 그만한 돈이 굴러올 테니까, 낭비를 위해 태어난 사람처럼 살기 십상일 거야.
민기	개 버릇 남 주지 못한다는 말이 있지!
은유	포오샤와 네리사는 남편 단속을 잘 할까?
	극이 끝났는데, 끝난 게 아니라는 생각이 든다. 이제부터 이들이 살아가는 모습이 볼만하겠다는 생각이 드는데, 끝나다니!
시우	셰익스피어가 연극은 연극일 뿐 인생은 이제부터라는 소리를 하고 싶었나 보지.
	마지막으로 이 작품에서 다시 한번 새겨보고 싶은 글을 각자 읊고 이 시간을 끝내도록 하죠.
은유	나는 지금도 심한 인종 혐오에 경종을 울리는 샤일록의 소리를 새기고 싶어.

"유대인은 눈이 없소? 유대인은 손이 없소? 내장이 없소,

몸이 없소? 감각도, 애정도, 열정도 없단 말이오? 기독교인과 같은 음식을 먹고, 같은 무기에 부상당하고, 같은 병에 걸리며, 같은 도구로 치유되고, 같은 겨울에 시원해지고, 같은 여름에 따뜻해지지 않소? 당신들이 우리를 창으로 찌르면 우리는 피가 안 나오? 당신들이 우리를 간질이는데도 우리는 웃지 않는단 말이오? 당신들이 우리에게 독을 먹이더라도 우리는 죽지 않는단 말이오?"

시우 나는 포오샤가 재판을 하면서 샤일록에게 한 소리가 귀에 쟁쟁하다.

"자비는 강압적이지 않네. 그것은 하늘에서, 아래에 있는 땅에 부드러운 비처럼 떨어지지. 땅은 두 번 축복받네. 주는 자와 받는 자를 축복하니까. 그것은 강한 것 중에서도 가장 강하네. 그것은 즉위한 왕에게 왕관보다도 더 어울리네. 왕관은 경외와 위엄, 임시적인 권력의 힘을 보여주지만, 그 안에는 왕들의 공포와 두려움이 앉아 있기 때문일세. 그러나 자비는 왕관의 지배보다 상위에 있네. 왕들의 심장에 앉아 있고, 신의 속성이기도 하지. 지상의 권력은 자비가 정의에 양념처럼 곁들여졌을 때 신의 권력과 가장 비슷하다네. 그러니 유대인이여, 그대는 정의를 간청하지만 이걸 생각하게. 정의의 방식으로는 우리 중 누구도 구원

받지 못할 걸세. 우리는 자비를 기도하네. 그 기도가 우리를 가르쳐 자비를 실천하게 하네. 난 그대가 간청하는 정의를 누그러뜨리기 위해 이만큼 말했네. 그대가 정의를 따르면 베니스의 엄격한 법정은 저 상인에게 형벌을 내려야 하네."

민기　나는 금으로 된 상자에서 나온 글귀를 고르겠어.

　　"반짝인다고 모두 금은 아니다. 너는 자주 들었을 것이다. 내 외양만을 갖기 위해서 여러 사람이 자신의 삶을 팔았다. 네가 용감한 만큼 지혜로웠다면, 사지는 젊되 판단은 원숙했다면, 너와 같은 결론은 나오지 않았을 것이다. 잘 가라."

독서토론을 위한 질문 10

1. 우리나라가 임진왜란을 겪던 시기에 윌리엄 셰익스피어의 희극 작품 《베니스의 상인》이 탄생합니다. 이 작품이 써질 당시 영국과 유럽의 사회 분위기는 어떠했을까요? 특히 작품의 배경이 되는 해상무역의 발전과 유대인 차별을 중심으로 이야기해봅시다.

2. 셰익스피어의 작품에는 '문제적 인물'들이 많이 등장합니다. 《베니스의 상인》에 등장하는 인물들 역시 독특하고 서로 간의 관계도 복잡합니다. 등장인물의 관계를 연인과 친구, 주인과 하인, 채권자와 채무자, 유태인과 기독교인 등으로 나눠볼 수 있는데요. 다음 그림에서 등장인물의 이름을 넣어 완성해봅시다.

등장인물의 관계

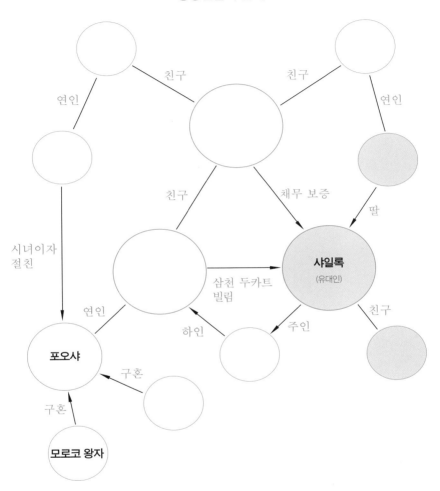

인물 이름 넣기 :
안토니오, 바사니오, 네리사, 그라치아노, 제시카, 로렌조, 아라곤 왕, 튜발, 란슬롯

3. 은행에서 돈을 빌리면 이자를 지불해야 합니다. 이 작품에서는 대금업을 하는 샤일록과 무역업을 하는 안토니오의 '이자'에 대한 생각이 서로 충돌합니다. 대금업자 샤일록과 무역업자 안토니오의 '이자'에 대한 서로 다른 생각을 작품에서 찾아보고 정리해봅시다.

4. 이 작품에 등장하는 인물들은 하나같이 겉과 속이 다른 모습을 보입니다. 마치 로마 신화에 나오는 두 얼굴을 가진 야누스처럼 말입니다. 샤일록은 돈을 빌려주고 높은 이자를 받는 대금업이 본업이지만, 빌려준 돈의 세 배를 마다하고 빚을 갚지 못한 안토니오의 살덩이 일 파운드를 받기를 고집합니다. 이런 샤일록을 통해서 유대인 차별로 당한 울분이 얼마나 깊은가를 알게 됩니다. 이렇듯 야누스처럼 겉과 속이 다른 모습을 잘 드러내는 인물들(안토니오, 바사니오, 포오샤, 제시카, 란슬롯)의 대사를 작품에서 찾아봅시다. 또한 이 인물들의 겉과 속이 다른 까닭을 생각해봅시다.

5. 이 작품에는 아버지와 딸의 관계가 나옵니다. 샤일록과 제시카, 그리고 유언을 남기고 죽은 아버지와 그의 딸 포오샤가 있습니다. 딸 제시카는 아버지 샤일록을 어떻게 생각하나요? 또 포오샤는 죽은 아버지를 어떻게 생각하나요? 작품에서 이를 알 수 있는 구절을 찾고, 아버지에 대한 제시카와 포오샤의 입장을 비교해봅시다.

6. 이 작품에는 포오샤의 아버지가 유언으로 남긴, 사윗감 고르기 문제가 나옵니다. 당시는 엄격한 가부장제 사회였고, 딸이 결혼하면 그 아버지의 재산을 사위가 물려받는 게 흔했다고 합니다. 사윗감을 직접 보지 못하고 죽음을 앞둔 부자 아버지는 딸이 걱정되었겠지요. 그래서 이 문제에는 당시 가부장제 사회를 배경으로 딸이 배필을 잘 만나기를 바라는 아버지의 인생 노하우가 들어 있습니다. 포오샤는 이러한 아버지의 뜻을 어기지 않으면서도 자신의 마음에 드는 사람을 고르는 기지를 발휘합니다. '세 가지 상자의 겉에 쓰인 말', '상자를 고른 예비 신랑감들의 태도', 그리고 '이들에 대한 포오샤의 반응'을 각각 작품 속에서 찾아보고, 작가 셰익스피어가 말하고자 하는 '사랑과 결혼'에 대한 메시지를 이야기해봅시다.

7. 이 작품에는 '반지'가 등장합니다. 포오샤는 바사니오에게 결혼한 약속의 징표로 반지를 줍니다. 이후 반지는 여러 사람의 손을 거치게 되는데요. 이 과정을 간단한 그림으로 그려봅시다. 또 이 과정을 통해 포오샤가 의도한 것은 무엇일까요? 작품에 나오는 대사들을 찾아서 설명해봅시다.

8. 법학 박사로 변장한 포오샤는 기발한 생각으로 재판을 반전시킵니다. 이로 인해 '약속을 지키라'는 샤일록의 요구는 거부되고, 샤

일록은 오히려 빈털터리가 됩니다. 작품은 16세기의 재판 풍경을 보여주는데요, 오늘날의 재판과는 사뭇 다른 모습을 보입니다. 여러분은 작품 속 재판에 문제가 없다고 생각하나요? 재판 과정, 재판 참여 자격, 판결의 내용 등에서 다른 의견이 있다면 이야기해봅시다.

9. 재판정에서 법학 박사로 변장한 포오샤는 "지상의 권력은 자비가 정의에 양념처럼 곁들여졌을 때 신의 권력과 가장 비슷하다"라며 샤일록이 안토니오에게 자비를 베풀어주기를 요청합니다. 공정과 정의가 사법적 판단의 근거가 되어야 하지만, 엄격하고 형식적인 사법적인 잣대로는 법을 어길 수밖에 없는 사연들이 감추어지게 됩니다. 여러분이 판사라면 어떻게 판결했을까요? 공정일까요, 자비일까요?

10. 영화 〈그것만이 내 세상〉을 보면, 한물간 왕년의 복싱 챔피언 '조하'가 모토로 삼는 구절이 나옵니다. "불가능, 그것은 사실이 아니라 하나의 의견일 뿐이다. -무하마드 알리" 이처럼 멋진 문장은 인생을 살아가는 중요한 지침이 되기도 합니다. 셰익스피어는 이런 명문장을 작품 속에 많이 남겼는데요.《베니스의 상인》을 읽고 인상 깊었던 문장이나 구절이 있으면 찾아 써봅시다.

유대인 샤일록의 경우를 통해서 본 러시아의 우크라이나 침략

유대인 혐오의 역사

비참한 사람 샤일록, 그의 비참을 이해해주는 사람은 단 한 명도 없었다. 유대인이었기 때문이다. 자식으로부터도 멸시받고, 배반당해야 했다. 그가 믿을 것은 돈뿐이었건만, 그마저도 법관의 교묘한 말 놀림에 의해 몽땅 뺏기고 말았다. 저항은커녕 반박조차 하지 못했다. 십자군 전쟁 즈음부터 노골화한 유대인 혐오 앞에서 샤일록의 방어는 무력하기만 했다. 목을 자르지 않은 것에 감사해야 할까? 유대인 혐오 역사를 알지 않으면, 샤일록의 비정상적인 행위를 제대로 알 수 없다.

유대인 혐오는 십자군 전쟁 발발 즈음부터 급격히 불타올랐다. 기독교인들 사이에서 "유대인을 죽인 자는 자신의 죄를 용서받는다"는 말이 퍼져나갔다. 어떻게 이런 야만적인 말이 받아들여졌을까? 정말 그랬을까? 당시를 살았던 유대 연대기 저자인 솔로몬 바르 심존(Solomon bar Simson)은 이렇게 적고 있다.

십자군 종군자들이 유대인이 살고 있는 도시에 나타났을 때 그들은 서로 이렇게 말했다. "보아라, 여기 우리 가운데 유대인이 살고 있다. 그들의 조상이 예수를 이유 없이 죽였고 십자가에 못 박았다! 그래서 우리가 먼저 이들에게 복수하고 여러 민족들 가운데 이스라엘이라는 이름이 더 이상 입에 오르지 않도록 그들의 씨를 말려버려야 한다. 그러지 않으려면, 우리 편이 되든지 우리와 같은 신앙을 고백해야 할 것이다.[*]

1096년 프랑스 루앙에서 시작된 학살은 라인강 연안의 도시로 퍼져나갔다. 아무리 열렬한 십자군이라 해도 처음에는 같이 살던 이웃 유대인을 죽이진 못했다. 하지만 다른 고장에서 온 십자군이 유대인을 공격하자, 그들도 덩달아 공격하고 학살했다. 십자군이 지나간 지역의 유대인 남자들은 살해되거나 강제로 기독교를 받아들여야 했다. 강제 개종을, 예수가 기뻐할 것이라고 그들은 믿었던 것일까? 아니면 학살과 강탈의 죄책감에서 벗어나기 위해서였을까? 어느 쪽이든 "역사 깊고 부유하고 사람들로 붐비던 라인강 연

---

[*] 이스마 엘보겐·엘레오노레 슈텔링 지음, 서정일 옮김, 《로마 제국에서 20세기 홀로코스트까지 독일 유대인의 역사》, 새물결, 2007, 42쪽.

안의 유대인 지역은 파괴되었고 대부분의 유대인이 살해되거나 세례반으로 끌려갔다. 함께 살던 마을 사람들이 갑자기 납득할 수 없는 증오심을 드러내자, 이에 경악한 유대인은 뿔뿔이 흩어졌다."

십자군이 새로 모일 때마다, 유대인 학살과 강탈은 더 조직적이고 무자비하게 행해졌다. 십자군 전쟁이 시작된 지 180년쯤 지나자 유대인에겐 조직적으로 강탈할 만한 재산이 남아 있지 않았다. 그래서 영국 왕 에드워드 1세는 1275년에 반유대 법안을 공포하고, 대금업을 금지했다. 유대인은 체포되어 교수형에 처해지고, 영국 전역에서 추방되었다. 이때의 유대인 탄압이 얼마나 극심했는지, 셰익스피어(1564~1616년)가 살았던 시대까지도 영국 내 유대인의 숫자와 활동이 미미할 정도였다.

십자군의 광란이 한풀 꺾였을 때인 14세기 중반, 유럽에 흑사병이 돌기 시작했다. 유럽인들은 유대인을 또 한 번 희생양으로 만들었다. 다 아는 대로 흑사병은 무서운 기세로 유럽 전역에 퍼졌다. 그것과 비례해서 반유대주의도 유럽 전역에서 맹렬히 타올랐다. 특히 스페인에서 극심했다. 수만 명이 화형에 처해지고, 수십만 명이 희생되었는데, 그 중 절대다수가 유대인이었다. 스페인 특별 '종교'재판소가 그것을 관장했다. 야만적인 의식, 즉 "종교재판을 거쳐

* 폴 존슨 지음, 김한성 옮김, 《유대인의 역사》, 포이에마, 2014, 357쪽.

화형에 처하는 의식"은 놀랍게도 1790년까지 계속되었다.[*]

유대인은 상선으로 무역을 하는 중에 해적들에게 포로로 잡혀 몸값을 지불하고서야 풀려나는 일도 빈번했다. 약탈의 중심에 있던 집단은 놀랍게도 '수도사들의 기사단'이었다.

주요 약탈자였던 요한기사단은 자기들의 기지가 있던 몰타 섬을 유럽의 마지막 노예 매매 중심지로 삼았다. 그들의 목표는 언제나 유대인이었고, 오스만 제국의 백성이라는 구실로 기독교인의 배에서조차 유대인을 붙잡았다. 기사들은 포로를 노예 막사에 두고, 주기적으로 당시 시세보다 더 높은 값을 부르는 투기업자에게 팔았다.[**]

수도사에 기사단이라는 이름을 덧붙이는 것만으로도 '둥근 삼각형'만큼이나 모순인데, 멀쩡한 사람들을 붙잡아 노예로 팔아먹는 짓을 하는 수도사라니! 그들이 믿는 하느님은 도대체 어떤 존재란 말인가? 이들의 만행이 일상적이었기에, 포로를 풀어줄 돈을 마련하기 위해 유대인들은 일종의 보험을 만들었을 정도였다. 유대 상인들은 베네치아에 특별 기구를 설치해, 모든 상품에 특별세를 납부했다. 유대인 인질이 발생하면 그 돈으로 몸값을 지불하고 인질

[*]   폴 존슨 지음, 김한성 옮김,《유대인의 역사》, 포이에마, 2014. 388쪽.
[**]   폴 존슨 지음, 같은 책, 388쪽.

을 해방시키기 위해서였다.

가톨릭은 유대인을 상종 못할 종자로 취급했는데, 종교개혁을 했던 루터는 유대인에게 어떤 태도를 취했을까? 루터는 종교개혁 초기 〈유대인으로 태어나신 예수 그리스도〉란 글을 발표해 유대인에게 유화적 제스처를 취했다. 그러면 유대인이 루터 자신을 따라 개신교로 개종하리라 믿었다. 그러나 성서 해석에 있어, 루터보다 탈무드가 더 낫다는 견해가 유대인에게서 나오자, 루터는 유대인을 공공연히 적으로 표현했다. 루터는《유대인과 그들의 거짓말에 관해》를 발간했다. 그는 유대인의 절멸을 외쳤다.

이 책자에서 루터는 유대인의 종교 서적을 빼앗고, 그들의 회당을 불태우며, 랍비들에게 이제부터 가르치는 것을 완전히 금지하라고 촉구했다. 종교로서 유대교는 근절되어야 한다. 그리고 유대인 자체도 더는 이웃으로 받아들여서는 안 되며, 상인과 대부업자 같은 그들의 전통적인 직업 활동을 금지하자고 제안했다. 그 외에도 그들의 재산을 몰수해야 한다고 말했다.*

루터는 이것으로 만족하지 않았다. 그는 유대인을 "육체를 가진 악마", "우물에 독을 타고, 아이를 찔러 죽인 자들"이라고 했으며,

---

* 볼프강 비퍼만 지음, 최용찬 옮김,《루터의 두 얼굴》, 평사리, 2017, 119쪽.

"교만, 시기, 폭리, 탐욕과 모든 음흉함"이라 낙인을 찍었다. 심지어 그는 유대인을 "집시들처럼 처리하라"고 했다. 이 말엔 상상할 수 없는 뜻이 들어 있다.

> 루터는 1498년 이후에 이미 법률의 보호 밖에 놓인 "집시들처럼 유대인들을 처리하라"고 요구했는데, 이 말은 누구라도 처벌 받지 않고 유대인을 죽일 수 있다는 뜻이다.[*]

셰익스피어가 그린, 유대인 샤일록의 슬픔

이런 분위기 속에 셰익스피어와 그의 작품《베스니의 상인》이 놓여 있다. 그러니 샤일록이 비인간적인 행태를 보이는 것에 대해, 작품 속 인물 누구도 그 까닭을 묻지 않은 게 당연하다 싶다. 주체성과 지성을 두루 갖춘 매력적인 인물 포오샤도 예외적인 인간이 되지 못했지만, 이상하지 않다. 그렇다고 유럽인 누구나 유대인 혐오에서 벗어날 수 없다는 소리는 아니다. 포오샤는 벗어나지 못했지만, 셰익스피어는 어느 정도 벗어났지 않았는가?

샤일록의 슬픔을 셰익스피어는 느꼈는데, 작품 속 인물 포오샤는 왜 느끼지 못했을까? 셰익스피어는 '문학적' 관찰에 성공했고, 포오샤는 그것에 다가가지 못해서이다. 마사 누스바움(Martha C.

---

[*] 볼프강 비퍼만 지음, 최용찬 옮김,《루터의 두 얼굴》, 평사리, 2017, 119쪽.

Nussbaum)은《시적 정의: 문학적 상상력과 공적인 삶》에서 법관의 판결에 있어 문학적 상상력의 중요성을 말했다. 법관은 공적인 사유만이 아니라 문학적인 공감을 보조적으로 갖추어야 한다며 이렇게 말했다.

공정한 관측자는 최대한으로 다른 사람의 처지에 자신을 두고 고통을 겪는 사람에게 일어났을 미세한 사정 일체를 공감할 수 있도록 하여야 한다.[*]

이런 누스바움의 견해를 소개하며 김우창 선생은 다음처럼 말했다.

관측자는 곁에서 보는 자이다. 다만 그는 가장 인간적인 친구와 같은 공감을 가진 관측자이어야 한다. 이것은 대체로 문학 읽기에 함축되어 있는 입장이다. 문학 작품은 그 자체로만이 아니라 작품과 독자와의 관계에서, "구체적인 상황에 즉하기는 하되 그렇다고 상대주의적인 것은 아니고, 일반적인 인간 행복의 개념을 구체적인 상황에 연계하여, 보편화 가능한 구체적 처방을 내리고, 우리로 하여금 상상력으로 그 안으로 돌아가 볼 수 있게 하는, 도덕적 추론의 전형"을 보여준다.[**]

[*]   김우창 지음,《깊은 마음의 생태학》, 김영사, 2014, 152쪽.
[**]   김우창 지음, 같은 책, 152쪽.

'인간적 공감을 전제로 하는 관찰자는 문학 읽기에 함축되어 있다'는 김우창과 누스바움의 견해는 시와 소설에서 두루 발견된다. 가령 백석의 시 〈수라修羅〉를 보면 금방 이해된다.

거미새끼 하나 방바닥에 나린 것을 나는 아무 생각 없이 문밖으로 쓸어버린다
차디찬 밤이다

언제인가 새끼거미 쓸려나간 곳에 큰 거미가 왔다
나는 가슴이 짜릿한다
나는 또 큰 거미를 쓸어 문밖으로 버리며
찬 밖이라도 새끼 있는 데로 가라고 하며 서러워한다

이렇게 해서 아린 가슴이 싹기도 전이다
어데서 좁쌀알만한 알에서 가제 깨인 듯한 발이 채 서지도 못한 무척 작은 새끼거미가 이번엔 큰 거미 없어진 곳으로 와서 아물거린다
나는 가슴이 메이는 듯하다
내 손에 오르기라도 하라고 나는 손을 내어미나 분명히 울고불고할 이 작은 것은 나를 무서우이 달아나버리며 나를 서럽게 한다
나는 이 작은 것을 고히 보드라운 종이에 받어 또 문밖으로 버리며

이것의 엄마나 누나나 형이 가까이 이것의 걱정을 하며 있다가 쉬이

만나기나 했으면 좋으련만 하고 슬퍼한다

- 백석 〈수라〉

백석·김우창·누스바움의 견해를 포오샤에 적용하면, 포오샤가

왜 샤일록의 깊은 절망에 공감할 수 없었는지 알 수 있다. 문학적

상상력의 빈곤이 샤일록으로 표상되는 유대인을 깊게 만날 수 없

게 한 것이다. 즉 법정에서의 정의인 형식적인 정의에 머물러 있었

기 때문이다. 샤일록이 왜 엄청난 돈을 포기하면서까지 안토니오

의 목숨을 취하려 하는지를, 그래서 생각하지 못했다. 유대인은 어

찌하여 이자 받는 대금업에만 종사하는지 묻지 않은 채, 그들을 '쇳

덩이(돈)를 가지고 새끼치기(이자) 하는 작자들'이라고 비난했던 것

과 똑같은 방식이다.

포오샤는 왜 좁고 형식적인 정의관에 머물러, 샤일록을 지옥으

로 밀어 넣었는가? 백석이 '수라'에서 그 뿌리를 밝혔다. '생각이 없

는' 것 때문이다. 수라修羅, 즉 '아수라' 지옥은 '생각 없음'이 만들어

내는 현실인 것이다.

백석의 화자는 '문득' 이 진실을 깨달아 자신의 잘못을 바로잡으

려 했으나, 그러면 그럴수록 현실은 점점 더 아수라장이 되어 갔다.

참혹함과 번뇌가 거미만이 아니라 자신의 가슴도 암세포처럼 점

령해 갔다. 1연에서 2연, 2연에서 3연으로 갈수록, 기하급수적으로 확대되는 번뇌와 괴로움의 말, 그리고 차마 쓰지 못한 4연의 참혹한 말들을 보아라!

포오샤의 생각 없음도 샤일록을 이런 지옥으로 밀어 넣었는데, 그녀는 나중에라도 이 진실을 깨달았을까? 아니면 여전히 악마를 잘 응징했다고 여겼을까? 그녀는 끝내 깨닫지 못했다. 깨닫지 못했기에, 수백 년이 지난 뒤까지도 샤일록에 대한 혐오만이 활개를 쳤고, 그 결정판인 나치의 유대인 학살이 있었으리라.

아렌트가 제시한 "평범성의 죄악"도 '성찰 없음의 죄'를 말한 것이다. 나치의 유대인 학살을 입안 실행한 아이히만이 그 증거이다. 그는 '생각 없고 반성 없는' 확신범이었다. 광신도였다. 베니스의 상인인 안토니오가 '생각 없고 반성 없는' 확신범이었던 것처럼! 안토니오처럼 아이히만 역시 '자랑스레' 말했다.

나는 아무 후회도 없다!*

이 말에서 아이히만이 내뱉은 다음의 지껄임까지의 거리는 한달음이다.

* 뤼트허르 브레흐만 지음, 조현욱 옮김, 《휴먼카인드》, 인플루엔셜, 2021, 245쪽.

나는 웃으며 나의 무덤 속으로 뛰어들 것이다. 내 양심 속에 500만 명의 인간이 있다는 느낌이 나에게 엄청난 만족감을 주기 때문이다.[*]

공감의 부족이 낳은 '러시아의 우크라이나 침략'

러시아의 우크라이나 침략에 있어서도 부족한 건 문학적 상상력이 주는 '공감'이다. 그것이 부족해 러시아 대통령 푸틴은 남의 나라를 침략하는 천인공노할 짓을 저질렀고, 우크라이나 대통령은 전쟁 상황을 방지하지 못하고 우크라이나를 전쟁이라는 아수라 지옥에 빠지게 했다.

푸틴은 자신이 우크라이나로부터 크림반도를 강탈·병합한 뒤, 우크라이나인이 느낄 공포를 느껴야 했는데 그러지 못했다. 푸틴으로선 크림반도 병합을, '빌려주었던' 땅을 되돌려 받은 것일 뿐이라고 여겼을지 모른다. 크림반도의 역사를 알면, 가능한 생각이라고도 할 수 있다. 유럽의 유력 언론인 팀 마샬도 그의 책《지리의 힘》에서 다음처럼 말할 정도이니, 푸틴이야 당연히 그렇게 생각하지 않겠는가?

크림반도는 흐루시초프 소련 공산당 서기장이 1954년에 우크라이나 소비에트 공화국에 양도하기 전까지는 2백 년 동안 러시아의 지배 아래

---

[*] 뤼트허르 브레흐만 지음, 조현욱 옮김, 《휴먼카인드》, 인플루엔셜, 2021, 245쪽.

있었다. 당시 소련은 소련 국민이 크림반도에 항구적으로 거주하는 한 두고두고 그곳을 모스크바의 통제권 밑에 둘 수 있을 거라 생각했을 것이다. 그러나 이제 우크라이나는 더 이상 소비에트의 일부가 아니며 러시아와 친하지도 않다. 푸틴은 사정이 바뀌었다는 것을 깨달았을 것이다.[*]

크림반도가 원래 러시아 땅이었는데 우크라이나에 '그냥' 양도한 역사적 사실 때문인지, 크림반도 주민들도 달라진 우크라이나의 태도를 보고서 러시아로의 복귀를 80% 이상 찬성했다. 그래서 푸틴은 크림반도 접수를 단행했다.

하지만 푸틴이 고려하지 못한 것이 있다. 러시아와 푸틴이 크림반도에서 그치지 않고, 러시아 계열이 70%쯤 살고 있는 우크라이나 동부, 심지어는 우크라이나 전체를 강탈하려 들 수도 있다는 우크라이나인의 공포다. 소비에트 연방 때, 세계 3대 곡창 지역임에도, 러시아인에게 곡식을 빼앗겨 수백만이 굶어 죽었던 상처를 떠올리는 우크라이나인에겐 공연한 걱정일 수 없다. 우크라이나는 어떤 식으로든 안보 보장책을 찾을 수밖에 없었다. 크림반도가 러시아에 돌아가는 것만으로 끝날 문제가 아니었다.

우크라이나 대통령에게 부족한 것 역시 문학적 상상력이 주는 '공감'이다. 우크라이나가 나토(NATO)에 가입하고, 거기에 미국의

---

[*] 팀 마샬 지음, 김미선 옮김, 《지리의 힘》, 사이, 2016, 140~141쪽.

첨단 무기가 배치되었을 때, 러시아가 느낄 공포를 그는 추체험하지 못했다. 그는, '나토와 우크라이나는 결코 러시아를 침략하지 않는다. 그러니 러시아가 공포를 느낄 필요가 전혀 없다'라고 생각했을지 모르겠다. 그런 생각이야말로 문학적 감수성의 빈곤이다. 우크라이나가 나토에 가입하면, 더 이상 '우크라이나 vs 러시아' 문제가 아니다. '나토 vs 러시아' 문제로 전환된다. 지도를 펼쳐보아라. 그리고 러시아인이 유럽의 나라들로부터 학살당했던 역사를 떠올려보라.

러시아의 우크라이나 침략 문제는 누스바움과 김우창이 말하는 정의, 즉 '공감하는' 관찰자의 관점에서 봐야 한다. 침략 전쟁은 분명 씻을 수 없는 죄악이다. 러시아가 우크라이나에 큰 죄악을 저질렀기에, 두고두고 비판받아 마땅하다. 하지만 러시아의 우크라이나 침략에서도 깊고 넓은 성찰적 관점이 필요하다. 서방의 언론을 베끼기에 바쁜 우리의 많은 언론은 러시아인에 의한 위협을 말할 뿐, 그들이 받았고 또 받고 있는 공포에 대해선 침묵한다. 샤일록이 그렇게 비인간적인 행태를 보이는 것에 대해 누구도 그 까닭을 묻지 않았던 것처럼!

자, 지도를 보자. 우크라이나에서 모스크바까지 거리가 매우 짧다. 게다가 러시아 동부 지역 전체가 평원이어서 자연적인 장애물이 전혀 없다. 대부분의 주요 도시를 지나 우랄산맥에 이르러야 겨

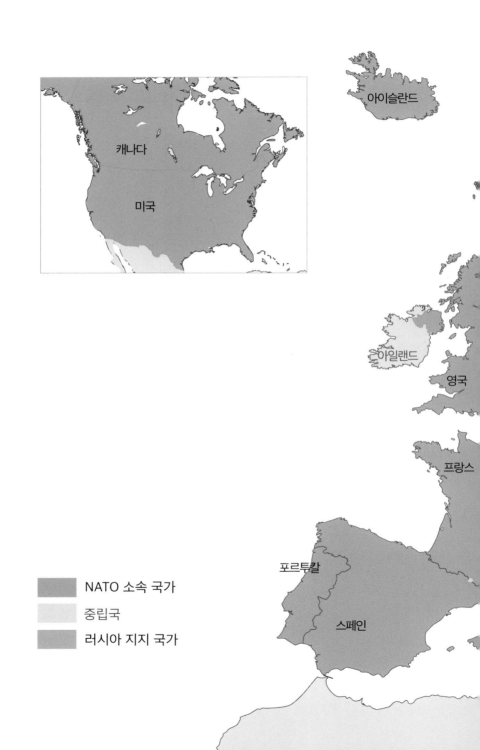

우 장애물이 나타난다. 더욱 나쁜 것은 서북쪽에 위치한 폴란드가 이미 나토에 가입한 상태라는 점이다.* 이 길 역시 탄탄대로이고, 과 거에 러시아는 이 길을 통해 호되게 침략을 당했다. 우크라이나가 나토에 가입하는 순간 미군과 미군의 첨단 무기가 배치될 수 있다.

그런데 모스크바를 비롯해 러시아의 도시와 인구는 대부분 서부 에 밀집해 있는데, 이곳은 북해·우랄산맥·카르파티아산맥으로 둘 러싸인 '평원'이다. 우크라이나는 카르파티아산맥 동쪽에 있어, 우 크라이나가 나토에 가입하면 러시아 서부는 자연적인 장벽의 도움 을 전혀 받을 수 없게 된다. 남쪽과 서북쪽에서 동시에 최첨단 무기 로 무장한 나토 군대가 공격해 들어온다고 생각해보면, 끔찍함 그 자체이다.

설사 나토가 공격을 해오지 않는다 하더라도, 러시아는 그 무력 에 상응하는 방어력을 구축해야 한다. 군사비가 대폭 늘어나지 않 을 수 없다. 소련이 해체될 수밖에 없었던 이유 중 하나가, 미국 대 통령 레이건의 '스타워즈 전쟁' 시나리오에 상응해 군비를 확장하 다 경제가 무너졌던 사실을 떠올린다면, 러시아에겐 이것 역시 심 각한 문제가 아닐 수 없다.

우크라이나가 나토에 가입하면 그 폭발력이 엄청나리라는 건

---

* 소련 해체 때 독립한 동유럽 국가들이 나토 가입을 하지 않는다는 구두 합의가 있었다고 하는데, 나토 측은 이것을 부인하고 있다. 아무튼 엄청나게 많은 동유럽 국가들이 나토에 가입해 러시아와 나토 사이에 완충 지대가 거의 없어졌다.

'생각 있는' 사람이면 다 알고 있었다. 유럽의 유력 언론인 팀 마샬은 '2015년'에 그의 책《지리의 힘》에서 우크라이나의 나토 가입 문제의 폭발성을 이렇게 말했다.

조지아, 우크라이나, 몰도바 …… 이 세 나라 가운데 한 나라만 나토에 가입하더라도 즉시 전쟁이 발발할 수 있다. 우크라이나의 노선을 두고 갈등이 고조되던 2013년 무렵, 모스크바가 이 문제에 유독 심하게 몰입했던 것도 이 같은 현실을 설명해준다.[*]

그런데도 우크라이나와 미국은 러시아에 계속 불길한 신호를 주었다. 서방측에 기울어진 우크라이나 과도정부는, 제2의 공용어로 사용되고 있던 러시아어의 지위를 폐지하겠다는 성명을 발표했다. 또한 2019년엔 우크라이나의 나토 가입을 명문화한 헌법 개정안을 발효시켰다. 급기야 2021년 11월 미국과 우크라이나는 '전략적 파트너십 헌장'에 서명했다. 이 일은 우크라이나의 나토 가입이 임박했음을 알리는 신호였다. 그래서 푸틴은 작년(2021년) 말부터 우크라이나 국경 지대에 군대를 결집해 놓고, 우크라이나에게 나토 가입을 하지 않겠다는 확약을 다그쳤던 것이다.

---

[*] 팀 마샬 지음, 김미선 옮김,《지리의 힘》, 사이, 2016, 136쪽.

'러시아 팽창주의'라는 신화

과거에 러시아가 주변 나라를 침략해 고통 속으로 몰아넣은 것을 들며, 러시아가 어려운 상황에 처하게 된 것을 모른 체하고 싶은 사람이 있을 수도 있다. 그런 생각은 그 자체로 반평화적이지만, 역사를 알면 그런 생각조차 쉽게 할 수 없다. 러시아인들이 유럽인에게 침략을 당한 고통은 그에 못 미칠까? 둘의 무게를 시소에 올리면, 러시아의 고통 쪽으로 쭉 기울어질 것이다. 1812년 나폴레옹의 침략, 제1차 세계대전 때 독일의 침략, 제2차 세계대전 때 또 독일의 침략에 의해 러시아인이 당한 피해와 학살은 말로 할 수 없다. 제2차 세계대전 때 소련의 군인 1000만 명, 민간인 1400만 명 이상이 죽임을 당했다.

제1차 세계대전은 러시아가 영국·프랑스와 함께 3국 동맹을 맺고서, 독일·헝가리·오스트리아 동맹에 맞서다 생긴 피해이니까, 러시아가 할 말이 없을 수도 있다. 그러나 나폴레옹이 거느린 프랑스군의 침략과 히틀러가 거느린 독일군의 침략은, 러시아 입장에선 생뚱맞다. 잠자다가, 그냥, 무참히 두드려 맞은 꼴이다. 이러함에도 러시아인이 유럽에 경계심을 갖지 않는다면, 그건 뭔가 모자란 사람들이다.

나폴레옹과 히틀러의 광기에서 유럽을 구한 건 러시아다. 두 미치광이 모두 러시아에서 결정적으로 병력을 상실해, 역사의 무대에서 추락했다. 러시아가 유럽을 구했는데도, 전쟁이 끝난 뒤 러시아에 돌아온 건 '불신과 냉대'였다. 왜 그런가? 이번 사태가 일어난 원인에도 그것이 깊이 깔려 있다. 《루소포비아》의 저자 기 메탕은 러시아인에 대한 오랜 불신과 혐오 때문이라고 했다. 첫째는 "러시아 팽창주의에 대한 신화"이고, 둘째는 교회의 대분열, 즉 가톨릭과 정교회의 분열에 따른 서로 간의 혐오가 원인이라는 것이다. 러시아 팽창주의는 신화다. 그것이 '신화'인 까닭은 가짜에 바탕을 두고 있기 때문이다. 기 메탕은 말했다.

러시아 팽창주의에 대한 신화는 루이 15세 통치 시절 폴란드 귀족들의 참여로 작성된 표트르 대제의 위조된 유언장의 등장과 관련이 있다. …… 미국 역사학자 마틴 말리아에 따르면, 1760년대에 우크라이나, 헝가리, 폴란드 정계의 대표가 참여한 가운데 프랑스 외교관들이 소위 '표트르 1세의 유언'을 작성했다고 한다. 이렇게 조작된 서류에는 '유럽의 많은 부분을 차지하려는 러시아의 거대한 구상'이 드러나 있다. 나폴레옹 시대의 장관들은 이 서류를 심각하게 받아들였고, 냉전 초기 미국의 트루먼 대통령까지도 이 서류에 근거하여 스탈린의 행동을 설명했다.[*]

이 '위조 유언장'은 프랑스어와 영어로 여러 번이나 출판되었고, 심지어는 가짜라는 것이 밝혀졌는데도 그 영향력이 최근까지도 줄

[*] 기 메탕 지음, 김창진·강성희 옮김, 《루소포비아》, 가을의아침, 2022, 197~199쪽.

어들지 않고 있다.

　이 문서가 1879년에 사기라는 것이 밝혀졌음에도 불구하고 후세대 정치인들에게 미친 영향은 상당했다. 예를 들어 미국의 트루먼 대통령은 1945년에 '봉쇄 정책'의 원조인 조지 케넌과 대화에서 이 문서에 대해 언급했다고 알려져 있다. 표트르의 가짜 유서를 믿는 사람들은 1946년 '철의 장막'이라는 표현으로 유명한 처칠에게도 직접적인 영향을 미쳤다. 이 사기극의 기본 이념은 오늘날에도 기자나 정치인, 체츠냐, 몰도바, 발트해 주변국, 조지아, 우크라이나에 대한 서방 전문가들의 생각을 지배하고 있다.[*]

러시아에 대한 종교적 혐오

이런 '러시아 혐오'에는 더 깊은 뿌리가 있다. 몰지각하고 야만스럽고 '반反예수'적인 기독교 문제이다. 같은 예수교 신앙인 가톨릭과 러시아 정교회가 서로 이단이라며 섬멸하려 한 게 '반反예수'가 아니면 무엇이겠는가? 가톨릭의 한 '주교'는 러시아 정교회를 상대로 '십자군'을 일으킬 것을 교황에게 호소하기도 했다.

　에스토니아 타르투의 주교이자 면죄부 판매자가 된 리보니아의 가톨릭 신자 크리스티안 봄호베르는 러시아인의 성공을 우려하여 1501년

---

[*] 　기 메탕 지음, 김창진·강성희 옮김, 《루소포비아》, 가을의아침, 2022, 202~203쪽.

에 러시아 이교도들에 대항하여 십자군을 일으킬 것을 교종(교황)의 축복으로 호소했다. 그의 생각에 모스크바인은 잔인하고 야만적인 풍습을 지닌 이교도였고, 이반 3세는 진정한 그리스도교인을 섬멸시키기 위해 타타르인 및 터키인과 비밀 동맹을 체결한 암흑세계의 폭군이었다.[*]

기독교가, 같은 기독교를 가리켜 이교도라며 '십자군'을 일으켜 섬멸하자고 선동했던 것이다. 근대 이전에만 러시아 정교회를 이교도로 여긴 게 아니다. 19세기 말에도 여전히 유럽의 가톨릭은 러시아 정교회를 상종 못할 것으로 여겼다. 1876년 프랑스의 고메 주교는 앞에서 봤던 가짜 유서를 들먹이며, 가짜든 아니든 상관없이 그 가짜 유서에 따라 러시아를 판단해야 한다며 이렇게 말했다.

유명한 그의 유서가 진짜였는지와는 상관없이 한 가지 사실은 부인할 수 없다. 즉 짜르의 모든 행동의 기본에는 종교적 열의가 놓여 있다는 것이다. 과거, 현재, 미래 러시아의 정책을 이해하기 위해서는 이 공식 문서를 다시 읽어야 한다. 주요 구절은 다음과 같다. '거룩하고 분리되지 않는 삼위일체의 이름으로 우리, 전 러시아 황제이자 전제군주인 표트르가 모든 후손과 왕권의 후계자들, 그리고 러시아 민족의 정부에게 이르노라. 우리에게 짜르의 왕관을 주시고, 우리를 존재하게 하신 하

[*] 기 메탕 지음, 김창진·강성희 옮김,《루소포비아》, 가을의아침, 2022, 205쪽.

느님께서 자신의 신성한 빛으로 우리를 끊임없이 비추시며, 자신의 신성한 손바닥으로 우리를 지켜주시고, 우리가 하느님의 섭리라고 여기는 생각에 따라 러시아 민족이 유럽을 지배할 수 있도록 허락하셨도다.'[*]

'러시아의 하느님이, 러시아로 하여금 유럽을 정복하도록 허락했다'라고 러시아인이 믿고 있다는 것이다. 러시아의 하느님과 유럽의 하느님은 다르다고 믿지 않고서야 어찌 이렇게 말할 수 있겠는가? 가짜 유서임이 밝혀졌는데도, 그런 진실 따윈 아랑곳하지 않는다. 하느님의 종이라는 프랑스 주교의 놀라운 배포다.

가톨릭 측이 정교회 측을 이단시하자, 정교회 측 역시 가톨릭을 이단시했다. 니콜라이 고골이 쓴 《타라스 불바》를 영화화한 〈대장 부리바〉를 보면, 가톨릭과 정교회 신도들 간에 서로를 이단이라며 적대시하는 걸 볼 수 있다. 이 책과 영화는 정교회를 믿는 카자크 전사들과 가톨릭을 믿는 폴란드 간의 전쟁을 다루고 있다. 하지만 영화의 도입부에서는 폴란드와 카자크 전사가 연합해 터키에 대항하는 장면이 나온다. 그렇게 연합군을 구성한 상태인데도, 가톨릭의 폴란드 장군은 그들을 도우러 온 카자크 전사들을 "악마의 자식들"이라 칭한다. 두 집단 간의 '종교적인 혐오'를 단적으로 드러내

* 기 메탕 지음, 김창진·강성희 옮김, 《루소포비아》, 가을의아침, 2022, 202~203쪽.

는 말이다.[*]

　이런 종교적인 혐오가 서방측에 "러시아 팽창주의라는 신화"를 만들어냈고, 급기야 유럽인들은 러시아 황제의 '유서를 조작'하면서까지 그 신화를 퍼뜨렸던 것이다. 지금 러시아의 우크라이나 침략 담론엔 서방측의 러시아에 대한 깊은 불신이 놓여 있다. '러시아 팽창주의'가 아예 근거가 없는 것은 아니지만, 조작되고 덮어 씌워진 측면이 월등한 것 역시 사실이다. 서방측과 러시아 사이의 역사를 어느 정도만 들여다봐도 이 점은 또렷하다.

신냉전체제의 등장

더구나 러시아 측은 1990년대에 세계를 전쟁으로 몰아넣지 않고, 대신에 '평화적'으로 소비에트 연맹을 해체하지 않았는가? 여러 상황 때문에 그랬겠지만, 그렇다 하더라도 대국이 '평화적'으로 제국을 해체한 경우가 역사에 있는지 모르겠다. 이 점을 떠올리면, 영국의 역사학자가 이번 전쟁의 원인으로 지목한 "두 가지 엄청난 전략적 실수", 즉 서방의 실책과 푸틴의 오판이 뼈아프다.

　옥스포드대 명예교수인 로버트 서비스는 월스트리트저널(WSJ)과의 인터뷰에서 이번 전쟁의 첫 번째 실수로 2021년 11월 10일

---

[*]　이 도입부는 책에는 없는 내용이다. 폴란드와 카자크 간의 갈등 원인을 압축적으로 제시하기 위해 영화에 이 에피소드를 만들어 넣었다고 생각한다.

에 미국과 우크라이나가 '전략적 파트너십 헌장'에 서명한 일을 들었다. 이로써 우크라이나가 나토에 가입할 가능성이 전에 없던 수준으로 높아졌고, "푸틴이 이를 수용할 수 없었는데도", 이런 구조적 움직임이 푸틴에게 어떤 영향을 미칠지, 나토 측은 분명한 예상을 하지 않았다라고 서비스 교수는 비판했다. 그러면서 그는 이것은 명백히 서방의 "혼란스러운 관리부실(mismanagement)"이라고 지적했다. 두 번째 전략적 실수로 그는 "상대방에 대한 푸틴의 과소평가"를 들었다. 푸틴은 서방이 정치적·문화적으로 엉망이라고 여겼고, 메르켈이 퇴임하면서 서방이 추진력을 잃었다고 여겼을 뿐만 아니라, 젤렌스키를 과소평가해 쉽게 침략을 결정했다며 비판했다.[*]

러시아의 침략으로 우크라이나는 치명적인 피해를 입었고, 앞으로도 당분간 그 피해는 이어질 것이다. 우크라이나만큼은 아니지만 러시아도 심각하게 피해를 입었다. 그런데 러시아가 결코 원하지 않았을 일이 일어났다. 미국이 원했던 일들이 한꺼번에 세 가지나 이루어지고 있는 것이다. 첫째, 독일을 중심으로 한 유럽연합국들의 군비 증강이 현실화하고 있다. 둘째, 미국의 셰일 가스를 유럽이 지속적으로 대량 구매하게 생겼다. 무엇보다도 '세계화 시대'를 밀어내고 '신냉전시대'를 성큼 앞당겼다. 앞에서 인용했던 서비

[*]　"The Two Blunders That Caused the Ukraine War", 《월스트리트저널(WSJ)》, 2022. 3. 4.

스 교수는 같은 인터뷰에서 유럽의 군비 증강이 현실화한 쾌거(?)를 들며, "푸틴은 독일이 군비를 증가할 수밖에 없게 만들었다"며 조롱했다. 또한 사람들이 한 때 푸틴을 '천재적인 지도자'라고 했던 것을 떠올리며, "그는 결코 '천재적인 지도자'라고 불릴 수 없다"라며 일침을 놓았다.

실제 독일 내 군비 증강 여론은 맹렬하다. 심지어 군사비를 2배로 올려야 한다는 여론도 상당하다. 폴란드, 덴마크 등 나토국은 말할 것도 없고, 스웨덴과 핀란드 같은 중립국에서도 군비 확장이 이야기되고 있다. 다른 제조업은 죄다 무너졌지만, '전쟁 무기' 제조업만 홀로 우뚝한 미국에게 희소식이 아닐 수 없다.

미국의 셰일 가스는 생산 단가에서 러시아의 가스에 도저히 미치지 못한다. 게다가 미국의 가스를 유럽에 팔려면 유럽까지 장거리를 옮겨와야 하는 문제가 있다. 우선 가스를 액체 상태로 만든 뒤, 대서양을 건너서, 유럽에서 다시 가스로 바꾸어야 한다. 이렇게 비용이 드니 미국 셰일 가스가 러시아 가스에 비해 가격 면에서 경쟁이 될 수 없다. 그러나 이번 전쟁으로 유럽인들은 러시아의 가스와 석유가 아무리 싸더라도 일정한 비율 이상을 러시아산으로 해선 안 되겠다고 생각하게 되었다. 이제 미국의 가스가 빈자리에 들어갈 수 있게 된 것이다. 두 번째 희소식이다.

앞의 두 경우가 미국에 지대한 이익을 가져올 게 틀림없지만, 세 번째의 것은 그 이상이다. 이 시대는 '패권이 지각 변동'을 일으키고 있는 때이다. 트럼프가 무역 전쟁을 일으켜 중국의 부상을 막고 미국의 재상승을 견인하려 했지만, 실패했다. 미국의 대중국 무역 적자가 더욱 커졌고, 중국의 경제는 코로나 국면에도 계속 상승했다. 그러자 미국 대통령 바이든은 자유주의 이념 벨트를 만들어 중국을 포위하겠다는 생각을 공공연히 표명했다. 이런 벨트는 상당한 정도의 사건이 터지지 않으면 잘 만들어지지 않는다. 그런데 중국과 가까운 러시아가 침략 전쟁을 일으켰다. 이 얼마나 미국이 바라던(?) 사건인가? 이번 전쟁으로, 냉전 이후의 세계 체제인 '세계화시대'가 종말을 고했다는 소리가 나오고 있다. 미국 경제 방송 CNBC는, 세계 최대 자산운용사 블랙록의 회장 래리 핑크의 말을 빌려 "러시아의 우크라이나 침공은 지난 30년 간 지속돼왔던 세계화에 마침표를 찍었다"고 밝혔다.

1991년대 소련의 붕괴 후 탄력을 받았고, 2001년 중국의 세계무역기구(WTO) 가입으로 전면화되었던 세계화가 종말을 고했다는 것이다. 우리나라의 경제 확장을 가능케 했던 큰 요인 중 하나였던 중국이, 더 이상은 '세계의 공장' 구실을 할 수 없게 될 것이라는 말이다. 정말 세계화가 끝난다면, 세계는 미국·유럽 vs 러시아·중국의 구도로 판이 확정될 것이다. '신냉전시대'로 퇴행한다는 소리다.

미국이 이념 벨트를 만들어 중국을 포위해 '신냉전체제'로 전환하려고 하고 있지만, 이 체제가 미국에게 반드시 유리한지는 의문이다. 미주리대 명예 연구교수인 미국의 경제학자 마이클 허드슨은 미국의 진보매체 〈카운터펀치〉와의 인터뷰에서 "미국은 러시아를 고립·무력화한 뒤, 중국을 공략하겠다는 계획을 세우고 있지만, 이는 이룰 수 없는 목표다"고 밝혔다. 그 까닭으로 마이클 허드슨은 세 가지를 들었다. 큰 줄거리만 간추리면 이렇다. 첫째, 미국의 제재는 중국과 러시아의 경제통합을 가속화할 것이다. 둘째, 핵심 자원인 식량과 에너지 등의 자급자족 능력에서 중국·러시아가 미국·유럽을 훨씬 앞서기에, 그들의 승리 가능성이 크다. 셋째, 세계 지배의 근원적 힘이었던 미국 달러의 패권이 무너지게 되었다고 그는 말했다. 달러의 약화가 1~2년 내에 이루어지지는 않겠지만, 10~20년을 놓고 보면 미국 달러의 약화는 심각한 일이 아닐 수 없다.

물론 마이클 허드슨의 견해대로 진행되리라는 보장은 없다. 국제관계는 너무 복잡하기에, '신냉전체제'에서 어느 쪽이 승리할 것인지를 지금 예측하는 것은 섣부르다는 게 정직한 소리일 것이다.

한반도 위기

신냉전체제로의 전환은 우리나라, 우리 민족의 운명에 지대한 그

---

*   "The Blowback from Sanctions on Russia", 《카운터펀치》, 2022. 03. 25; 〈세계화는 끝났다, 미래의 승자는 중국/러시아다〉, 《프레시안》, 2022. 04. 03 참조.

림자를 드리울 것이다. 이런 체제로의 전환에 중국이 격렬하게 저항할 것이기 때문이다. 팀 마샬은 《지리의 힘》에서 한반도의 지리적 운명을 이렇게 말했다.

한반도라는 문제를 어떻게 풀어야 할까? 풀 수 없다. 그냥 관리만 할 일이다.[*]

한민족이 아니기에 이렇게 편하게 말할 수 있었을 것이다. 그렇지만 지리가 강요하는 점을 생각하면, 반박하기 쉽지 않은 말이다. 한반도는 전 세계의 강대국 NO.1 - NO.2 - NO.3 - NO.4의 한가운데에 놓여 있다. 미국은 세계 어디에나 있는 나라이고, 한반도가 너무 중요해 한·미 동맹을 맺고 있으니, 위의 말이 틀림없는 사실이다.

문제는 호주-일본 - 남한-대만-필리핀-인도-유럽으로 이어지는 포위망이 만들어질 때, 중국은 가만히 지켜보고만 있지 않으리라는 점이다. '설마 중국이 어쩌겠어!' 하는 마음이 있을지도 모르겠다. 한국전쟁 때도 중국은 한반도 전체가 자본주의화하는 것을 견디지 못해, 미국을 비롯해 22개 국가의 군대로 구성된 유엔군을 상대로도 참전했다는 것을 우리는 명심해야 한다.

* 팀 마샬 지음, 김미선 옮김, 《지리의 힘》, 사이, 2016, 161쪽.

그때 중국은 무기도 돈도 아무것도 없었다. 사람만 있었다. 미국은 그때로부터 5년 전에 원자폭탄을 실제로 사용했고, 경제는 전 세계를 굽어보고 있는 상태였다. 게다가 중국은 일본의 1931년 만주 침략, 1937년 중국 본토 침략, 그리고 계속되는 내전으로 인해 만신창이가 된 상태였다. 1949년 10월에야 겨우 수습해 지금의 중국을 건국했는데, 만 1년도 안 된 1950년 9월 한국전쟁에 공식적으로 참전했다. 지금의 중국과 그때 중국의 세계적인 위상을 고려한다면, 비교 불가다.

만약 한반도에서 전쟁이 나고 중국이 참전하더라도, 전쟁터는 한반도로 국한될 것이다. 그렇지 않으면, 미국도 중국도 같이 망할 테니까! 청일전쟁이 그랬고, 러일전쟁도 그랬고, 한국전쟁도 역시 그랬다. 지금 포탄 한 발도 우크라이나 밖으로 떨어지지 않는 것처럼, 전쟁은 결코 한반도 밖으로는 번져가지 않을 것이다. 결국 한반도만 초토화되고, 38선은 그대로인 채로 끝날 수밖에 없다. 1950년의 한국전쟁이 냉전시대를 확정했고, 2020년대의 한국전쟁은 신냉전시대를 '확정'했다고 역사에 기록될 것이다. 이렇게 되는 것만은 무슨 일이 있어도 막아야 한다.

지금 대한민국은 옛날과 완전히 다르다. 한반도에서 전쟁이 일어나는 것을 용인하지 않을 만큼의 힘을 우리는 '충분히' 갖추었다. 필요한 건 확고한 의지다. '절대로 전쟁은 안 된다!' 이것이 우리의 제1원칙이라는 점만 새기면, 한반도에서 전쟁은 일어나지 않는다.

전쟁이 아니더라도, 수출로 먹고사는 우리나라에게는 중국에 수출길이 막히는 경제 분쟁만으로도 버거운 일이다. 동남아시아 등으로 우리의 수출 길이 '대폭' 넓어지기까지는, 중국과의 분쟁은 조심스러울 수밖에 없다. 지금은 '세계의 지각이 변동'하는 위기의 시대다. 섬세한 접근만이 우리의 운명을 좋은 길로 인도할 것이다.

냉전시대를 확정했던 한국전쟁은, 우리 민족에게 고통과 민족 내 혐오만 키워주고 좋은 것은 아무것도 주지 못했다. 우크라이나 역시 그럴 것 같다는 예감이 들어 서글프다. 전쟁의 참혹함을 상쇄할만한 게 있겠는가마는, 그래도 좋은 것이 우크라이나인들에게는 '꼭' 주어지길 빈다.

참고문헌

가와이 쇼이치로 지음, 박수현 옮김,《셰익스피어의 말》, 예문아카이브, 2021.

권오숙 지음,《셰익스피어, 그림으로 읽기》, 예경, 2008.

기 메탕 지음, 김창진·강성희 옮김,《루소포비아》, 가을의아침, 2022.

김우창 지음,《깊은 마음의 생태학》, 김영사, 2014.

뤼트허르 브레흐만 지음, 조현욱 옮김,《휴먼카인드》, 인플루엔셜, 2021.

마사 누스바움 지음, 박용준 옮김,《시적 정의》, 궁리, 2013.

박우수 지음,《셰익스피어의 역사극》, 열린책들, 2012.

백석 지음,《정본 백석 시집》, 문학동네, 2020.

볼프강 비퍼만 지음, 최용찬 옮김,《루터의 두 얼굴》, 평사리, 2017.

션 메케보이 지음, 이종인 옮김,《셰익스피어 깊이 읽기》, 작은사람, 2015.

오다시마 유시 지음, 장보은 옮김,《셰익스피어 인간학》, 말글빛냄, 2011.

윌리엄 셰익스피어 지음, 김정환 번역,《베니스의 상인》, 아침이슬, 2010.

윌리엄 셰익스피어 지음, 최종철 옮김,《베니스의 상인》, 민음사, 2010.

이경식 지음,《셰익스피어》, 서울대학교 출판부, 1985.

이스마 엘보겐·엘레오노레 슈텔링 지음, 서정일 옮김,《로마 제국에서 20세기
　　　　홀로코스트까지 독일 유대인의 역사》, 새물결, 2007.

켄지 요시노 지음, 김수림 옮김,《셰익스피어, 정의를 말하다》, 지식의 날개, 2012.

팀 마샬 지음, 김미선 옮김,《지리의 힘》, 사이, 2016.

폴 존슨 지음, 김한성 옮김,《유대인의 역사》, 포이에마, 2014.

William George Clarke and William Aldis Wright ed.,*The Plays and Son-
　　　　nets of William Shakespeare Vol. 1*(R. M. Hutchins et al. ed., Great
　　　　Books of the Western World, Chicago: Encyclopedia Britannica
　　　　inc., 1952.)